「……お前、ここ、すごいな」

「っ！　ふあっ、ひゃううっ」

下半身を突然突き上げる感覚に、変な声が漏れる。（本文より）

淫紋の花

HANA NISHINO

西野 花

Illustration

二駒レイム

この物語はフィクションであり、実際の人物・団体・事件等とは、一切関係ありません。

CONTENTS

淫紋の花

ここから先へは行ってはいけない。

結那は子供の頃から、そんなふうに言われて育ってきた。けれど十二歳の結那にしてみれば、行くなと言われたら逆に行きたい気持ちが募ってしまう。

『鬼戸の家の人を怒らせたら駄目よ』

母はいつもそんなふうに言っていた。この、山と川に囲まれた地方都市の撫木町では、ずっと昔から鬼戸家が力を持っていた。現在も、町には鬼戸の名前のついた商業施設は多いし、不動産や金融関係にまでその力は及んでいる。撫木町は二十一世紀の今も鬼戸家が支配していると言えるだろう。

そして結那の家の神代家は、鬼戸家と特別な繋がりがあるのだという。実際に結那は小さい頃から鬼戸家に出入りし、その家の大人達に可愛がってもらった。中でも結那と十歳違いの榊という青年とは気が合って、まるで兄弟のように過ごしていた。実際、榊は結那の面倒をよく見てくれ、一人っ子の結那にとっていい『お兄ちゃん』でもあった。

別に、鬼戸の家の人達は何も怖くはない。それなのに。

『今の〈捧げ花〉が、そろそろだからね……。お前に順番が回ってこなければいいのだけど』

母は結那を見つめ、時々心配そうにそう言った。彼女はいったい何を案じているのだろう。結那がそれを尋ねても、母は話してくれなかった。まだ早い。もしもお前が選ばれてしまったなら話す、と。そんな母の態度もまた、結那の好奇心を育ててしまった要因なのかもしれない。

鬼戸家の広い庭の奥にある離れ、結那はそこにだけは近づいてはならないと言われていた。子供が見るものじゃない。鬼戸家の人たちは、そんなふうに言っていたような気がする。

――もう十二歳になった。子供じゃない。

学校の成績もよく、利発な結那は、子供扱いされるのが嫌いだった。

僕はもう大人だ。だから見てもいいはず。

思春期に入りたての子供っぽい反発心で、結那は禁じられた場所に足を踏み入れる。屋敷の母屋から離れのある奥庭へ出る扉には鍵がかかっていたので、庭をぐるっと回って、苦労して竹垣を登ってここまで来た。

――もしかしたら、お化けがいるのかも。

というのは、結那は以前、この近くの竹垣の外で人の泣き声のようなものを聞いたことがあったからだ。

ここには何かがいる。近づくなという言葉とその声が合わさって、結那の興味を逆に育ててしまった。

身体についた木の葉を払い、結那はそうっと離れがあるほうへ歩いていく。いったい何が待ち受けているのか。怖いという気持ちと、その秘密を暴きたいという気持ちがない交ぜになり、胸の鼓動がどきどきと大きくなった。

「――ああ…ぁ」

その時、小さな声が風にのって結那の耳に届く。

「！」

あの時の声だ。結那は小さく息を呑んで、その場で足を止める。戻ろうか。そんな声が頭の中で響いたが、結那はそれを無視して再び足を進める。ここまで来たんだ。何がいるのか確かめなかったら、後で後悔する。そんな内なる声に、結那は従うことにした。

離れの障子が少し開いていた。あと少し近づいたら、中が見える。そう、あと少し――。

「！」

その時、目に飛び込んできた光景を、結那はすぐには理解することができなかった。

「んん……っ、や、ああん…っ」

少し開いた障子の隙間からそれが見えていた。布団の上に、一人の青年が膝立ちになっており、その後ろから男が青年の腰を掴み、腰を動かしている。二人の周りには数人の男達がいて青年の顔には苦悶とも歓喜ともつかない表情が浮かんでいた。

結那は青年の顔には見覚えがあった。確か、何度か会ったことがある親戚の者だ。数年前、まだ結那が今より小さかった時に、『捧げ花』に選ばれたといってどこかへ行ってしまった記憶がある。

その彼が、こんなところにいて、こんな目に遭っている。結那は目の前で行われている行為をようやっと理解したが、それはどこか異質で、異常に見えた。

そして結那の目を一際引いたのが、青年の白い下腹にある、赤い彫り物のような模様。臍の下から下腹部に広がるそれは、何かの花のようにも見えたが、ひどく禍々しく、淫靡な印象だった。

「ああん――――ああ」

がくりと頭を垂れた青年の顎を、別の男が掴む。よく見ると、彼の周りにいるのは、皆見覚えのある鬼戸の男達だった。結那にはいつも優しい顔を向けてくれる男達が、青年の肉体に獣のように群がっている。

青年が顔を上げた。伏せられていた瞼がゆっくりと開けられ、その目線が覗き見ている結那のほうに向けられる。

「――――」

青年の口元が、ふっ、と笑いの形に歪められた。まるで結那に笑いかけているようなそれに、思わず身体がびくりと震える。

「っ……！」

結那は身体を引き、音を立てないようにそこから離れた。少し離れると、そこからは駆け足になり、一目散に逃げる。竹垣を慌てて登ったので、降りる時に足を滑らせてしまい、転んで擦り傷を作ってしまった。けれどそれにもかかわらず、結那は立ち上がるとまた走り出す。

見てはいけないものを見てしまった。そんな感覚が身体の底から込み上げてきて、結那はさっきから震えが止まらなかった。

あれはいったい、なんだろう。

漠然とした知識としてしか知らない性行為と、さっき目にしたあれがどうしても結びつかなくて、結那は激しい混乱と衝撃に見舞われている。その一つの原因は、いつぞやの母親の言葉だった。

――お前が、『捧げ花』に選ばれなければいいけど。

――今の『捧げ花』が、そろそろだから……。

（どういう意味？　僕も、あんなことをするってこと？）

「――いやだ」

自然と声が口から漏れた。あんなことをするのはいやだ。恥ずかしいし、なんだかとっても苦しそうだった。

鬼戸家から一目散に自分の家に戻ろうと、古い町並みの石垣の角を曲がろうとした時、誰かと強くぶつかった。

「うわっ……！」

「――っ！」

結那の小さな身体は弾き飛ばされそうになる。だが、その誰かが、咄嗟(とっさ)に結那の手をがっちりと摑んだ。

「大丈夫か？」

「あ――」

驚いたように結那の顔を覗き込んできたのは、榊だった。結那はその瞬間、ひどく安堵(あんど)する。

彼はあの場にいなかった。鬼戸家の男達が集まり、神代の家の青年を弄(もてあそ)んでいたあの場所に、榊は参加していなかった。

彼は違う。彼だけは特別なんだ。そんな思いが込み上げてきて、結那の目にみるみる涙が盛り上がる。

「おいっ…、どうした!?」

「っ……」

ぽろりと落涙した結那を目の前にして、榊は慌てたような声を上げた。結那は緊張の糸が切れたのか、なかなか泣き止むことができない。榊はそんな結那にため息をつくと、肩を抱いて一緒に来るように促した。


「……そっか。見たのか、アレを」

榊はコンビニでミルクティーを買ってくれた。鬼戸家には行きたくないとごねる結那のわがままを聞いてくれたので二人で町を二つに分ける川の土手に座り、結那はさっき見たことを告白する。

すると榊は、低い声でぽつりと呟いた。

「あれ……なんで、あんなこと、するの？」

「やってたことの意味はわかるのか？」

「わかるよ。来年はもう中学だよ」

からかわれたと思って、結那はむきになったように榊に訴える。すると彼は小さく笑って、そ

うだな、と前を向き、川のほうに視線を投げた。

「お前も、神代の家の人間だからな」

「それ……どういうこと？　母さんも、変なこと言ってた。僕が選ばれなければいいって」

「お前の母親にしてみれば、当然のことだろうな。あの花は、おそらくもってあと数年だ」

結那は喉の渇きを覚え、ミルクティーをごくごくと飲んだ。薄い甘さが喉を潤していったが、妙な焦燥感が身体に残る。

「鬼戸の家には、鬼の血が流れている。聞いたことあるだろう？」

川向こうから吹いてきたぬるい風が、榊の髪を揺らしていった。結那は頷きながら、けれどそれはこの町で強大な力を持つ鬼戸家に対する、畏れや揶揄のような意味なのだと思っていた。

「うちの人達は、皆鬼戸の家の人を怒らせたら駄目だって言ってる」

この町では鬼戸家に睨まれたら生きてはいけない。特に高齢の者達はそんなふうに言っていた。川の向こうの土地は新しく造成されていて、余所からの流入者も多いため、比較的鬼戸の支配力は薄い。けれど結那の家もある旧市街では、まだまだそんな意識が残っていた。

「すごく昔のことだ。ここがまだ村だった頃、鬼戸家はここいらの土地を恐怖で支配していた」

「……鬼だったの？」

結那は頭に二本の角のある、とても怖い異形の生き物を思い浮かべる。目の前の優しい男がそんな血を引いているだなんて、とても信じられなかった。

「どうだかな。ただ、記録には村の中から人をさらって、殺して食べたり、家畜を襲ったり、田畑を荒らし回ったり――なんてことが書いてある」

「嘘」

「大げさに書いてあるんだろ。多分にな」

榊がそんなふうに言ったので、結那は思わずほっとする。けれど榊の声は、不穏な響きを帯びていた。

「けど、本当のところはどうなのか、俺にもわからない。単に、めちゃくちゃ気の荒い一族だったのか、それとも、本当に鬼だったのか」

「……でも、榊は優しいよ」

結那がそう言うと、彼の大きな掌(てのひら)に頭を撫でられる。

「ありがとな」

くしゃくしゃと髪をかき回してくれるその手は温(あたた)かくて、彼が鬼の血を引いているなんて考えられなかった。

けれど、それならばどうして神代家は鬼戸家に人身御供(ひとみごくう)のように誰かを捧げなければならないのか。

『ずっと昔、神代の一族は呪術を使って人々を助けていてな。ある日、村の人達を苦しめていた鬼を封じたんだ』

父親がそんなふうに話してくれたのを、結那は思い出した。そして、それに対するあまりに大きな代償のことも。

「僕の家の先祖が、鬼戸の先祖を呪いで鎮めたから、って聞いた。だからなの？　だから、時々あんなふうに、鬼戸家の人達に、その……、ひどいことを、されるの？」

「ああ、そうだよ」

榊はあっさりと肯定した。

「神代の家は、まじない師だった。まじない師って言っても、普段は人のために拝んだり、悪いことが続いた時なんかにお祓いをしたりする仕事だったんだ。けど、本当は魔祓いの力があって――鬼や悪い霊なんかを退治したりする役目を負っていた」

「……」

鬼戸の家の人達が、単に気の荒いだけの一族だったのなら、呪いの力は必要ないのではないだろうか。結那はそんなことを思ったが、黙っていた。

「当時の村人達に懇願され、神代家はとうとう鬼戸家の人間達を抑えつけることに成功した。鬼戸の者達の鬼の血を鎮め、ただの人間にしてしまったんだ」

そうして、その時から神代の家には代償が生じることになった。

「けれど、鬼の血はいずれまた復活してしまう。そこで神代家は、定期的にある種の人間を鬼戸家に送ることになった。神代家に流れる血と気をもって、鬼の血を鎮め続ける――――。お前がさっき見たことが、その方法だ。それが『捧げ花』だよ」

結那の背に、冷たいものがぞくりと走る。

「……どうやって、選ぶの」

「わからない。ただ、『捧げ花』に選ばれた人間には、印が浮かぶ。はっきりとしたやつがな」

「あ」

離れで見た青年の下腹に浮かぶ、花のような紋。あれが目印なのだろうか。

「俺達は花印と呼んでいる。あれが浮かんだ人間には、ある変化が起こるんだ」

「変化?」

首を傾げる結那に、榊はにやりと口の端を歪めるような笑みを見せた。

「いやらしいことがしたくてたまらなくなる」

「！」

結那は自分の顔がカアッ、と熱くなるのを自覚する。およそ十二歳の結那に言うにはふさわしくない言葉だ。

「そ、そん…、そんな」

どう反応していいのかわからず口ごもっていると、彼は声を上げて笑う。

「ハハッ、悪い悪い、お前には少し早かったか――――、けど、見たんだろう？」

それがどういうことなのかわかるな、と、彼の口調には甘やかしがなかった。結那はごくりと喉を上下させて、観念したように頷く。

「あんなこと――――やだ」

結那もまた神代の家の人間である限り、その役が回ってこないとも限らない。そう思うと尻込みしたい気分になる。首を振りながらそう呟くと、榊が苦笑して告げた。

「心配するな。今の『捧げ花』はまだ若いし、タイミング的にお前が選ばれることはないだろう」

「ほ……本当に？」

榊に念を押しながら、結那はほっとしている自分に罪悪感を覚えてしまう。同じ神代の人間なのに、あの人はあんな目に遭っていて、けれど自分は役目を免れそうだと安堵している。それはひどくずるいことのように思えた。

思わず俯いてしまった結那の背中を、彼の大きな手がぽんぽんと叩く。榊に触れられると安心する。

もしも彼だけを相手にするのなら、自分が『捧げ花』になっても構わないのに――。
ふとそんなことを考えてしまう自分に、結那は内心で驚いた。
そんなことあるわけがないのに。あんな恥ずかしいこと。
「多分な」
その時の彼は、どんな顔をしていただろうか。
結那はどうしても、それが思い出せなかった。

その年の夏は雨が多くて、祭りの開催も危ぶまれていたが、二、三日前から晴れ間が増え始め、当日の夜には久しぶりに星空が広がった。

「晴れてよかった」

「そうだな」

いつも静かな境内の中は、多くの人であふれている。新市街からも多くの人が来ているらしく、参道の両脇には人と屋台がひしめき合っていた。

「それにしても、俺と来てよかったのか？」

「どういう意味？」

結那は隣を歩く榊を見上げた。銀鼠の浴衣がよく似合っている彼は、すらりと背が高くて、人波の中でもはっきりとした存在感を放っている。水色の浴衣を着てきた自分は、彼と並んでおかしくないだろうか。三十を前にして最近とみに雄の色気を漂わせている榊に比べたら、十八歳の自分は子供っぽいような気がしてきた。

結那が中学の時、両親が事故で他界した。遺産や保険金で、結那の元にはこの先困らないだけの財産が残り、後見人を榊が買って出てくれた。　悲しみに沈む結那を榊が支えてくれ、それからもう少し二人の距離は縮まったように思う。

「たとえば、彼女とか」

「……っ、嫌みか、それ」

祭りに一緒に行かないかと言ってきたのは彼のほうだ。毎年、旧市街の神社で行われる夏祭りには鬼戸家も関わっているため、忙しいかもしれないと遠慮していたのだが、先週突然榊から電話があった。了承した時点で、結那に彼女などいないということは想像がつくだろうに。

「いや、意外だったからな。お前もてるだろう。そんな女好きしそうな顔をして」

「……もてないよ」

端整で、少し甘い顔立ちをしている結那は、アイドルに熱中しがちな年齢の女の子に人気があった。実際に告白され、つきあったことも何度かあるが、だいたいが長続きしない。それはいつも、結那のほうに問題があるのだ。

「態度っていうか、気持ちがはっきりしないんだって。俺が」

「時には強引に行くことも必要だぞ」

「そういうもんなの？　女の子って」

なんだか面倒くさい。可愛いとは思うものの、深い関係に踏み込まないよう、結那は無意識のうちにブレーキをかけていた。性欲は人並みにあるとは思うが、それを女の子の華奢で柔らかい身体にぶつけたいとは思わない。そのうち、受験に専念したいからといって、誰ともつきあわなくなった。

「結那は駄目だなあ」

「どうせ俺は、榊とは違うよ」

高校の帰りに新市街にある進学塾に通っている結那は、彼が女性と歩いているところを何度か見たことがある。その時に感じた、胸の奥をぎゅっと握りしめられたような感覚に、榊に対する自分の想いを思い知らされた。昔からずっと近くにいたから気がつかなかったのか。いや、多分知らないふりをしていただけだ。

連れている女性は毎回違っていたから、おそらく特定の相手というわけではないのだろう。単に仕事の関係者だということもある。鬼戸の家は、手広く商売をやっているから。

(女の人との関係が問題なんじゃない)

それによって結那が、彼に対する想いに気づいてしまったということが問題なのだ。

「――受験勉強のほうはどうだ?」

結那は来年、東京の大学を受験すべく準備を進めている。

「こないだの模試はけっこういい感じだったよ」

受かったら、榊とは四年間会えなくなる。結那はそのことを寂しいと感じていた。こんな時に、彼への想いを自覚してしまうなんて。

「結那は頭いいからな。絶対受かるだろ」

「……うん」

俺と離れて、榊は寂しくないの？

そんな言葉が喉から出かかったが、結那はそれを呑み込んでしまう。

そうこうしているうちに、拝殿の前まで来た。賽銭を投げ込んで、鈴を鳴らし、二礼二拍手一礼。手を合わせて拝んだ時に頭に浮かんだのは、受験の成功ではなく、隣にいる榊のことだった。

きっとこの想いは叶わない。それなら、せめて思い出が欲しい。

「何お願いした？」

「内緒に決まっているだろ」

人に言ってしまうと、願い事は叶わなくなる。結那は笑って彼の追求をかわした。すると、ふと、榊の手が結那の手を握ってくる。心臓が大きく跳ねた。もうすぐ神楽が始まるので、人波は神楽殿のほうに動き始める。けれど結那は、その場に立ち止まってしまった。

「結那」

「な……に」

声が掠れる。今夜は涼しいはずなのに、空気が急に温度を上げたように、じっとりとまとわりついてきた。

「おいで」

榊はそれだけを言うと、結那の手を引いて、神楽殿とは反対の方向に歩き始める。結那もそれに逆らわずに彼についていった。

榊は拝殿の裏側のほうにある、普段は神輿などを置いてある小屋へと結那を招き入れた。小屋の中は今はがらんとしている。奥のほうが小上がりになっていて、マットなどが残されていた。

榊が鍵を締める。どうして彼がここの鍵を持っているんだろう。そんなことをぼんやりと考えていると、いきなり両腕で抱きすくめられた。

「――……っ」

「結那」

耳元で名前を呼ばれる。子供の頃から何度も呼ばれてきた名前。女の子みたいで、あまり好きじゃなかった。けれど榊の声で呼ばれると、それはなんだか素敵な名前のように聞こえる。ついうっとりとしかけて、結那は今の状況に気づいてぎょっとした。どうして榊が自分を抱きしめているのだ。

「や、ちょっ…、なにっ…」

「黙っていろ」

「────っ」

ぐっ、と下半身を押しつけられて、息が止まりそうになる。榊のそこは、熱く兆していた。そして自分もまた同じ状態になっていることに気づき、結那は羞恥で反射的に彼から逃れようとする。

「や、ぁ、ん────…っ！」

けれどその抵抗は、榊が結那の首の後ろを摑み、強引に口づけてきたことで封じられた。一瞬何をされているのかわからなかったが、歯列を割って肉厚の舌が侵入してくると、びくん、と身体が震えて動けなくなる。

────え…、キス、されて、る……!?

頭の中がパニックを起こしそうになる。けれど、口腔の粘膜をぞろりと舐め上げられて、背中にぞくぞくっ、と震えが走った。同時に、榊が押しつけてきた腰をぐっ、と擦り上げてきて、身体の中心にそれまで感じたことのない熱さが生まれる。結那は初めてのことにどうしたらいいのかわからず、彼の腕に抱かれた身体をただびくびくとわななかせているしかなかった。

「っ、ン、さ、かきっ……」

「……結那」

あまりに性的な口づけからやっと解放されて、結那は熱い吐息を漏らす。彼とは以前から時々、ふれ合ったり軽く口づけを交わしたりするようになった。が、それはひどく優しいものだった。だが榊と目が合った時、これまで見たことのないような色が彼の瞳の奥に浮かんでいた。

「あ――」

「結那」

もう一度名を呼ばれて、結那の身体から力が抜けていった。遠くからお囃子の音が聞こえる。

小屋の奥の小上がりに倒れ込むように横たわると、互いに激しく唇を求め合った。

――なんで、こんなことしているんだろう。

榊に舌を吸われ、浴衣の帯を解かれながら、結那はもううまく働かなくなった頭の隅でぼんやりと考える。

「……いいか？」

あわせをはだけられた時、榊がそんなことを聞いてきた。結那は顔を真っ赤に染めながらも、こくりと小さく頷く。

祭りの熱気にあてられた。そんな理由でも、別に構いはしなかった。

「あ、ん……っ」

榊の唇に首筋を吸われると、肌がぞくぞくと粟立つ。彼の唇は次第に下がっていって、胸の上の小さな突起に戯(たわむ)れるような愛撫を加えた。

「あ、はっ」

そこを刺激されると、むずがゆいような、くすぐったいような感覚が湧き上がってくる。

「や、そんなとこ……っ」

「いいから、まかせておけ」

榊はそう言って、舌先でその突起を転がし始めた。ころころと弄んだかと思うと、周りの淡く色づいた部分をなぞってくる。そうされると、乳首がじんじんと疼(うず)いた。

「ああ、んん……」

それははっきりとした快感だった。結那は思わず喉を反らして甘い吐息を漏らす。すると次の瞬間にまた突起のほうを舐められて、鋭い刺激が胸を貫(つらぬ)いた。

「あ、はっ！」

「敏感だな」

そんなふうに言われて、恥ずかしくてどうしたらいいのかわからなくなる。今更抵抗しようにも、身体に力が入らなかった。結那の胸の突起は、榊の淫らな舌先に嬲(なぶ)られ、あるいは吸われて、みるみるうちに膨(ふく)らみ、いやらしく色づいていく。

「んっ、はっ……あっ…」

こんなところ、それまで特に意識してもいなかったのに、どうしてこんなに感じてしまうのだろう。

「そ、こ…っ、やだ、変っ…」

「いやか？　…ならこっちな」

「あっ！　あっ…ん」

榊はやめるどころか、もう片方の乳首にその愛撫を移しただけだった。いきなりしゃぶられ、舌先でくすぐられて、のけぞった身体がびくびくと震える。結那は力の入らない指先で、乱された浴衣を握りしめた。

「……お前、ここ、すごいな」

「っ！　ふぁっ、ひゃううっ」

下半身を突然突き上げる感覚に、変な声が漏れる。榊が結那の下着の中に手を忍ばせ、股間のものを握り込んだのだ。そこは痛いほどに勃ち上がって、彼の大きな掌に包まれ、扱かれる。その強烈な快感は自慰などとは比べものにならない。

「っ、やっ、やぁあっ……」

「いやじゃない、だろ？」

「ああっ、ふぅう……っ」

身体中が痺れるようだった。我慢できなくて、腰が浮いてしまう。そんな結那の反応に、榊が微かに目を細めるのが見えた。

「可愛いな」

「っ、あっ、さ…かき…っ」

沸騰した意識の中、まるで恋人同士みたいだ、と結那は思う。そもそも、どうしてこんなことになったのだろう。榊は結那に、性的な感情を抱いていたのだろうか。それとも、結那が自分で気づいていないだけで、彼のことを物欲しげな目で見ていたのだろうか。

「ん……、ここ、好きか？」

「あっ！　あううっ」

榊の指の腹が、結那自身の先端のくびれを擦る。そこを責められると、我慢できなかった。足の先まで甘い毒のような痺れに包まれる。小屋の中に、互いの息づかいと結那の声、そしてくちゅくちゅという卑猥な音が響いていた。

（ああ――もう――、どうでもいい）

「そ、そこ、ああ……っ」

身体を蝕んでいくような激しい快感に突き上げられ、結那は背中を大きくのけぞらせた。潤んだ視界の中、榊の肩越しに裸電球のオレンジ色の光がぼんやりと映る。

きっと、この行為自体には特別な意味はない。

「は…っ、あっ、ああ、い…っ」

この場限りのことなら、快楽に流されてしまってもいいだろうか。来年にはこの土地を離れてしまうのなら。

「あ、榊、イく、イきそ…っ」

弱い場所を指で虐められ、結那は震えながら榊に訴える。すると彼は驚くほど優しく笑って、結那を見下ろした。

「ああ、いいぞ、イけ」

裏筋を根元から先端にかけて何度も強く擦られ、身体の芯が引き絞られるような快感が込み上げてくる。

「――――～～っ！」

声にならない声を上げて、結那は背中をめいっぱい反らした。腰ががくがくと痙攣する。榊の手の中に、白蜜がびゅくびゅくと音を立てそうな勢いで迸った。

「ン、あ、あ…っ！」

こんな絶頂は知らない。足の震えが止まらなかった。気持ちいい、という言葉だけが頭と身体を支配していく。恥ずかしいのに、嬉しかった。

「は……っ、あっ」

未だ余韻に痺れる身体から、徐々に快楽が鎮まっていく感覚が心地よい。けれどそんな時間は、榊の手によって両脚をぐい、と押し開かれたことによって終わってしまった。

「あっ!?」

驚いて目を開くと、自分の下半身がとんでもない格好になっているのが目に入る。そして、その中心に埋められていく榊の頭。

「えっ、あっ、なにっ……、あぁ、んぁああっ」

ぴちゃり、と生温かい舌が触れたのは、双丘の奥の後孔の入り口だった。別の生き物のような榊の舌先が、先ほどの刺激に反応してヒクつくそこを舐め上げ、中へ入ろうとするようにつついてくる。

「ひっ、あ……っ、んん、や、そんな、とこ……っ」

「じっとしていろ」

気持ちよくしてやるから、と囁かれて、結那の身体は驚くほど従順にその行為を受け入れてしまう。まるで以前から知っていたように。けれど結那自身は恥ずかしくて、いてもたってもいられなかった。

「は、ふっ、んんうぅ…っ、あ、やぁあぁ……っ」

榊は結那の中に唾液を入れるように舌を動かしてくる。そのたびに、わけのわからない感覚が腰の奥を侵食していった。下腹がきゅうきゅうと蠢き、もどかしいとさえ感じてしまう。やがて彼の舌が、蕩けた肉環をこじ開けるようにして中に入ってきた。

「っ、あ〜〜〜〜…っ」

結那の視界の中で、何かがちかちかと弾ける。信じられないようないやらしい声が出てしまって、自分の肉体の反応に怯えた。

「や、やだっ、それっ、恥ずかし……っ、そんな、とこ、舐めるなっ、あ…っ」

想像もしていなかった場所を広げられて舐められる動揺と快感に、結那は取り乱したように榊に哀願する。けれど彼の舌はお構いなしに結那の中へと這入ってきた。

「――――…っ、う！」

その瞬間、ずくん、と内奥が疼く。中の壁を舐められて、足の先まで甘く痺れた。そこからくちゅ、くちゅ、と音が響くたびに、腰の奥でじわじわと何かが蠢く。それが自分の媚肉であるということに気づくまで、いくらもかからなかった。

――――舐められて、悦んでいる。俺の中。

「ふっ、んっ、んんん……っ」

声を聞かれるのが恥ずかしい。結那は手の甲を自分の口に強く押し当てる。けれど喘ぎは後から後からあふれてしまい、結局は自分の手を唾液で濡らしただけだった。快感が下腹でじゅくじゅくと渦を巻き、押さえられた内股が痙攣する。

「あ、ア、やだ、なんかおかしいっ、何かくるっ、んぁっ、あ――……っ」

身体の奥底から急激にせり上がるものは、まぎれもない絶頂だった。

(――そんな。こんなとこ舐められて)

後ろを舌で責められて達するなんて、信じられない。けれどその感覚に逆らえず、結那は下腹をびくびくと波打たせて、触れられなかった自身から勢いよく白蜜を迸らせる。狭い精路を蜜液が駆け抜けていくのが凄まじい快感だった。

「あぁあああぁ……っ」

肉洞が卑猥にうねっているのがわかる。恥ずかしいのに、声を出すのを止められない。

結那がちっとも終わってくれない極みにすすり泣きさえ漏らしていると、ようやくそこから舌を離した榊が、結那の腰をそっと下ろしてくれた。

「……っ」

結那が思わずほっとしたのもつかの間、今度は榊の指がたった今舐め蕩かされた場所に注意深く這入ってくる。

「っ、んうっ、だ…め、榊……っ」

「力抜いてろ…。さっき、気持ちよかったろ？　こんなに出して」

大きな手が、下腹を濡らす白蜜を擦りつけるように塗り広げてきた。かあっ、と全身が熱くなって、体内にいる彼の指を締めつけてしまう。すると、そこからつん、とした心地よい刺激が湧き上がった。

「あ、あっ…、こん、な…っ」

「そう、いい子だ。俺を受け入れられるようにしてやるから、言うことを聞きな…」

榊の優しくて低い、淫靡な囁きが耳の奥に注ぎ込まれる。腰から背中にかけてぞくぞくと愉悦が走り、結那の奥は彼の指を受け入れていった。

遠くのほうから神楽の音が聞こえる。まるで熱に浮かされたような頭で、自分達はどうしてこんなことをしているのかとまたぼんやりと思った。

こんな、とんでもないこと――。

けれどいやじゃない。彼の熱さが心地よい。

「あっ、ふ、あ…ううっ」

もう指を二本受け入れていて、中でバラバラに動かされると強い刺激が走った。さっきのように後ろでイかされる予感に結那は怯え、同時に期待する。前で得る快感とはまた違う、深く重い悦楽。

「ああっやだっ、後ろっ、へん、に、なる……っ」

「それでいいんだよ。泣くほど気持ちよくしてやるからな」

いやらしいことを言われて、肉洞の奥がきゅううっ、と締まった。そこを小刻みに擦られて、足先がぴくぴくと震える。

喘ぐ口元から唾液が零れて、榊の舌先がそれを舐め取っていった。そのまま深く口を貪られて、興奮と快感で死にそうになる。

「う、ふ……ぅっ、あっ」

結那の後孔から、ずるり、と指が抜かれた。急な喪失感にそこが物欲しげに痙攣する。もっと中を弄って、かき回して欲しいのに。すると榊が上体を起こし、自分の浴衣の帯を乱暴に解いた。現れた彼のそれは、結那のものとは全然違う。まるで凶器のようにそびえ立つ威容に、結那は思わず息を呑んだ。

「ちょっ…、それ、無理、むり。入んないって」

「こら、逃げるな」

今更腰を引こうとする結那だったが、榊に足首を掴まれ、男を受け入れる体勢を取らされてしまう。

「大丈夫だ。優しくする。お前ならすぐによくなる」

「ひぁ…っ」

充分に解（ほぐ）された入り口に凶器の先端が押しつけられた。その熱さに思わず声を上げた時、長大な質量を持つものが肉環をこじ開けて這入ってくる。

「うぁ、あ…！」

一瞬、息ができなかった。榊の指が口の中に入ってきて、舌を押されて無理やり呼吸をさせられる。その間にも、彼のものはゆっくりと奥を目指していた。

「あ、ア――…っ、あっ」

凄まじい異物感はあった。無意識に涙が浮かび、脱ぎ散らした浴衣をきつく握りしめる。こんなの無理だ。死ぬ。そう思っていたのに、榊のものがある地点をずるりとすり抜けた時、全身に電流が走った。

「――～～っ」

ぞくぞくぞくっ、と背筋を快感に犯される。身体中が総毛立ち、身体の奥からさっきとは比べものにならないほどの感覚が込み上げてきた。腰が一度大きくびくん、と跳（は）ね、それから後は細かい震えが止まらなくなる。

「ん、んんん……っ」

「もう気持ちいいの覚えちまったか？」

榊の声も、どこか熱く上擦っていた。その響きで、自分達が本当にセックスをしているのだと思い知らされる。今結那の中を貫いているのは、まぎれもなく榊自身なのだ。

「は、ア…っ！　うそ、おれっ、こんな…っ」

「…ああ、感じているんだな。可愛いよ」

榊が腰を使うごとに中を擦られ、下腹がじゅわじゅわと甘く痺れる。結那はそのたびにあ、あ、と抑えきれない声を上げ、慣れない快楽に翻弄された。

「や、あ――…っ、そ、そんなに、動かないで…っ、なかが、中が…っ」

「……中が、どうだって？」

榊が動くと、とても耐えられないような快感が身体中を駆け巡る。油断するとあられもない声が出てしまうので、結那はせめて奥歯を噛みしめて我慢しようとした。けれど後から後からあふれてくる喘ぎに結局いやらしい声を漏らしてしまう。

――男に抱かれると、こんなふうになるのか？

それは結那が聞いていた知識とは違っていた。初めてはもっと、苦痛を伴うものらしいと聞いていた。それでも、榊が相手ならば我慢できるのではないかと思っていたのに。

「あっ…、ひ、あ、あ――…っ」

ずん、と奥を突かれ、結那の体内で快感が爆発した。内奥が引き絞られるような絶頂に、身体中が、がくがくとわななく。その瞬間に榊をきつく締めつけてしまって、彼の形がはっきりとわかった。

――――こんなものが、挿入(はい)っているんだ。

「…イっちまったのか？」

「はあ、や、あ、あっ」

余韻がじわじわと体内を駆け巡って、結那は激しく呼吸を喘がせる。それなのに、達したばかりの肉洞を再び突き上げられ、悲鳴のような声を上げてのけぞった。苦痛ではない。快楽にだ。

「あっ、ひぃ――――…っ」

「もう遠慮はいらないみてえだな」

「あっ、だめっ、そ、んなっ、ああっ、あっ！」

ずん、ずん、と揺らされると、内奥から身体中へと快感が広がっていく。頭の中がぐちゃぐちゃにかき乱されて、結那は必死で榊の背に縋(すが)った。すると、ぎゅう、と強く抱き返されてしまう。

「結那、俺が、好きか……？」

結那はそれがひどく嬉しかった。

「は……っ、えっ、な、に…っ」

自分の声と、互いの息づかいと、建物の外で聞こえる楽(がく)の音(ね)で、彼の声がよく聞こえない。薄

く目を開けて榊を見上げると、彼は苦笑するような表情を浮かべていた。

「――なんでもねえよ」

かけられる声はどこか甘くて優しい。

そのまま唇を重ねられ、結那は夢中で榊の舌を吸い返した。

目を伏せた瞼の裏で、くらくらと目眩がする。

どこか覚めない夢のような、現実感の薄い空間の中で、結那は榊とその欲望をぶつけ合った。

新幹線からローカル線に乗り換え、小一時間も電車に揺られる。そこから更に単線の線路を走る電車に乗って十五分もしたところで、着いた駅に降りた。

〈撫木――――、撫木――――〉

ホームに降りていく客は十人ほどだろうか。ここ数年で開発が進んだとはいえ、人口の増加はそろそろ頭打ちだと小耳に挟んだことがある。近くに幹線道路が通っているとはいえ、生活には車が必要だ。

駅舎を出ると、見覚えのあるロータリーが目に入る。結那は四年と少し前、ここから電車に乗り、この町を出て行った。

（二度と戻らないと思ったのに）

結那の脳裏に、あの時の光景が浮かび上がった。十八歳の夏祭りの夜、彼と神社でまぐわった。どうしてあんなことをしでかしてしまったのかと、今となっては後悔すら覚えている。

（もしかしたら、あれのせいで）

夏祭りから半年後、結那の肉体にとある変化が訪れた。それのせいで、結那は大学での四年間、友人達と海やプール、温泉などにも行けなかった。

下腹に突然現れた、赤い紋様。

それが初めて現れた時、結那の身体は突然発情した。無我夢中で自慰を繰り返し、ようやっと疼きが治まった時、結那は自分の身体に何が起こったのか、理解せざるを得なかった。

(『捧げ花』に選ばれたんだ)

結那の頭に、幼い頃の記憶が甦(よみがえ)る。

鬼戸家の離れで、正気を失ったように男達に抱かれていたあの青年。

(――――いやだ)

あんなことをするのは、いやだと思った。

その日から結那は自分の身体に起こった変化をひた隠しにした。幸い受験も済み、間もなく大学のある東京へ旅立つことになっていた。

榊にも打ち明けられず、結那は彼を避けた。夏祭りの夜に一度だけ抱かれたものの、彼との関係はそれきりになっている。あれは祭りの熱狂に誘われただけの遊びだったのだ。結那はそう思うことにした。

離れにいた青年は、いつの間にかいなくなったようだった。

次は自分の番だ。だから紋様が現れたのだ。

結那はいつそれを鬼戸の男達に知られてしまうのか、怖くて仕方がなかった。戦々恐々と日々を過ごし、東京へ旅立つための電車に乗った時にはほっとしたものだ。

けれど、結那の下腹に浮き出た印――、花印と呼ばれる淫紋は、それからもたびたび結那を苦しめた。

『捧げ花』は、鬼戸の男達に肉体を貪られるための存在。それ故に、時折激しい劣情を結那にもたらす。結那は身体が昂ぶるたびに、カーテンを閉め切ったアパートの部屋で、声を殺して一人自分の身体を慰めるのだった。あの町に帰れば、鬼戸家の慰み者になる。そんなのはいやだと思いつつも、時折ふと思い出す顔があった。

――榊。

あの夏の夜に、一度だけ抱かれた男。東京に出てくる時に、彼に何か言えばよかったのかもしれない。

(けど、何を言えばよかったんだ)

自分に『捧げ花』の淫紋が浮かんだ。そんなことを言えば、いずれ当主になる予定の彼は、結那を鬼戸家に連れて行くだろう。

そうなれば、榊には抱かれる。だが同時に、鬼戸家の他の男も結那を抱く。その覚悟が、結那にはどうしてもできなかった。

それでもどうにかそんな東京での生活に慣れて、結那は大学を卒業した。町には帰りたくなかったので、東京で就職した。

このまま、ここで生きていこう。大丈夫だ。淫紋の作用だって、きっとどうにかやり過ごせる。そんなふうに思っていた就職して六ヶ月目、九月のある夜。結那の身に決定的なことが起こった。いや、自分で起こしてしまった。

もう慣れたと思い込んでいた、淫紋による発情。いつもよりも重く鋭い疼きは結那を苦しめ、意識が徐々に混濁していく。

気がついた時、結那は近くの公園で複数の男を相手に腰を振っていた。

そして本当に愕然としたのは、無意識のうちに男を漁っていたことではなく、その状況に気づいても自分が逃げようとはしなかったことだった。

その公園は、いわゆる同性愛者達が多く集まり相手を見つける場所というふうに知られていて、その夜も何人かの男達がそこに来ていたらしい。

結那はそこで思う存分男を貪り、喜悦の声を上げて愉しんだ。まるで、それまで自慰で我慢していた鬱憤を晴らすように。

朝になり、ぼろぼろの身体で部屋に戻った結那は、そこで確信した。

もう、あの町に帰るしかない。

それから間もなくして、結那は勤めていた会社をやめ、部屋を引き払い、生まれ故郷へと帰る電車に乗った。

未来はこれ以上ないほど暗鬱としたもののはずなのに、どこか郷愁すら感じている自分を現金だなと思う。あの町に帰れば、どんな目に遭うのかわかりきっているというのに。

そうして結那は、およそ四年半ぶりに撫木町に帰ってきた。山に囲まれた小さな町。時の流れに従ってその姿を変えているものの、遠くから迫ってくるような黒い山と、遠くに見える旧市街の煤けたような印象は昔のままだった。

結那はバスに乗り、旧市街の入り口で降りる。結那の生家はここから歩いていくらもしないところにあったが、中学の時に両親が亡くなっているので、その家にはもう誰もいない。鬼戸家の人間が時折手入れに来てくれているはずだが、住む者のない家は、傷みやすくなると聞いたことがある。

「――――」

懐かしいはずの実家の門扉の前に立ち、結那はため息をついた。鬼戸家の人間が、丁寧に管理してくれているのだろう。家の周りは雑草が生い茂ることもなく、玄関にも蜘蛛の巣はない。

鍵を開けて中に入ると、さすがに冷たい空気が結那を迎えた。それでも掃除は行き届いていて、想像していたほどの荒廃は見られない。

「――――た……」

ただいま、と言おうとしてやめた。この家にはもう、誰もいないのだ。

結那は荷物を降ろすと、その足で鬼戸家に向かった。結那の家とは比べものにならない大きな門扉は、旧市街随一のものだ。

足取りが重い。けれど、結那は行かねばならない。捧げ花の運命は、もう結那を選んでしまったのだから。

年月を感じさせる門扉の横で、それだけは現代的なインターフォンを押すと、やや間をおいて応答がある。

〈はい〉

「――――結那です。神代結那。ついさっき、戻ってきました」

〈……入ってきなさい〉

門扉の内側で、ガチャリと自動で施錠が外れた音がする。結那は重い木の扉を開けて、屋敷の中へと足を踏み入れた。子供の時からよく来ていた、勝手知ったる鬼戸の家だ。けれど今は、入っていくのがどこか怖い。目の前の玄関が、黒い口を開けて結那に食らいつき、あの屋敷の中へ呑み込んでいくような感じがした。

「失礼します」

玄関に入ると、廊下の奥から誰かが歩いてくる。はっとして顔を上げると、結那はそこに忘れようもない顔を見つけた。

「――――よう。久しぶり」

「……榊」

子供の頃からの癖で、十も年上の彼をつい呼び捨てにしてしまう。五年ぶりの榊は、以前よりもぐっと男っぽくなり、当主となって貫禄が増したように見えた。顎のあたりに整えられた髭が生えていて、野性味も添えられている。

「その様子だと、役目を果たす気になったってとこか？」

榊の薄い笑みが、結那の心を深く抉っていった。

「四年以上も、つらかったろう。捧げ花になれば、男を求めずにはいられないからな」

「……っ、どうして、連れ戻しに来なかったんだ」

この町から逃げたのは結那のほうなのに、まるで待っていたようなことを言ってしまった。けれど、鬼戸の男達にとって、捧げ花は必要な存在のはずだ。結那は東京にいる間、いつこの町から鬼戸の男達が自分を捕まえに来るか、警戒していた。

「先代の捧げ花からの精気で鎮められていたからな。けれど、お前が戻ってきたということは、俺達にもそろそろお前が必要になってきたということだ」

榊はそう言ってから、声を潜(ひそ)めて続けた。

「――もう逃げられんぞ」

「っ！」

結那は俯いていた顔を跳ね上げる。

「広間に来い。皆を集めた」

榊はそのままくるりと踵(きびす)を返し、また廊下の奥へと行ってしまう。結那はその後を追うようにして家の中に上がり込んだ。その途端(とたん)、ざわり、と足首に柔らかい冷気がまとわりつくような感覚を得る。一瞬ためらった結那だったが、それらを振り切るようにして榊の後ろについていった。


「大人っぽくなったなあ」

「四年も見てなかったんだ。榊の後をついて回っていた時とはえらく違うものさ」

広間には当主である榊を筆頭に、彼の叔父や弟などが五人ほど集まっていた。全員がこの広い屋敷に住んでいる。榊と三歳下の弟である市矢(いちや)以外は皆既婚者であるが、女性の姿はここにはない。彼女達は、捧げ花と夫が一緒にいる席には、決して同席できないのだ。それは決まり事ではあるが、その間で行われる行為のことを考えると、その場にいたいとも思わないだろう。

「――――で、結那はいつ、御印が出たんだ?」

榊の父親の弟である君宏に尋ねられ、結那は膝の上に置いた手をぎゅっと握った。

「……上京する、少し前です」

結那はそれを鬼戸家に報告しなかった。その時点で結那の両親は亡くなっていたから、家族に知られるということもなかったからだ。

「他の神代家からは、新たな捧げ花が現れたという話も出なかったからな。なら、お前しかないと思っていた」

「それならどうして東京から連れ戻さなかったんだ、榊」

君宏の弟の宗吉が咎めるように言う。榊はちらりと目線を上げると、結那を見つめて答えた。

「こいつにだって、選ぶ権利はあるだろう。もっとも、その結果、ここに戻ってきたわけだがな」

榊の言葉に、結那はびくりと肩をすくめる。

そうだ。もう自分は、東京ではやっていけない。淫紋の求めによってあんな振る舞いを続けていれば、そのうちきっと最悪の事態になる。

東京での不特定多数の男達との性交よりも、あれほど忌避していた捧げ花の役目のほうがましだと思ってしまった。それは何故なのだろう。

「――お前は、役目を果たすつもりで来たんだな？」

榊の問いに、結那は震えながら顔を上げた。

「そうしなければここにはいられないし、あのまま東京にいたらもっと悪いことをしなきゃならなくなる、それくらいなら」

「悪いこと？」

榊に問いかけられ、結那ははっ、と息を呑む。

「何をしたんだ」

「……」

「答えろ、結那」

榊の声の調子が、詰問（きつもん）するように鋭くなる。彼にそんなふうに問い詰められるのが耐えられなくて、結那は口を開いた。

「……知らない人達と……」

「それはお前が誘ったのか？」

畳みかけられて、結那は首を振る。

「わ、わからない…、気がついたら、そんなふうになってた」

言いながら、榊の顔が見られずに視線を逸（そ）らした。

ら。

「なるほど。それで渋々帰ってきたわけか」

榊の声は、冷淡だった。それもそのはずだと思う。自分は一度はこの町から逃げ出したのだか
ら。

「……それだけじゃない」

「うん？」

「四年間、淫紋の作用に耐えてきた。正直、つらかった…。けど、俺の前の捧げ花もそうだったんじゃないかって」

発作のように襲ってくる疼きを知って、これまで同じ立場にいた人間に思いを馳せずにはいられなかった。自分だけ都会に逃げてきて役目を果たさずにいていいのだろうか。俺がいなかったら、鬼戸家の男達は荒ぶる血を抑えられず、町の中で痛ましいことが起きてしまうのではないだろうか。結那はそんな思いに、四年間ずっと捕らわれていた。

そしてとどめが、あの公園での出来事だった。

もう自分の意志にかかわらず、肉体は男を求めてしまう。この淫紋が浮かんだ時からそうだった。

それなら、役目を果たすしかない。

簡単な覚悟ではなかった。

けれど結那はとうとうこの土地に帰ってきた。

「まだ、どうするのが一番いいのか、俺にもよくわからない――。でも選ばれてしまったからには、果たさなきゃいけないこともあるかなって」

榊に会いたい。

あの夏祭りの夜、どういうつもりで自分を抱いたのか。

逃げ出してしまった結那をどう思っているのか。

そのことが知りたくて、でも知りたくなくて。

そんな想いがごちゃまぜになって、結那を故郷へと向かわせた。この閉鎖的な、淫蕩な謎のある町に。

「――そうか」

思いの丈を告げた結那をどう思ったのか。

榊は結那を食い入るようにじっと見つめ、やがてふっ、と視線を緩めた。

「うん、立派な心がけじゃないか、結那」

「結那もずいぶんと大人になったようだな。東京での生活は、無駄じゃなかったらしい」

「では、今夜にでもさっそく儀式を執り行おう。それでいいな、榊？」

君宏と宗吉、そして宗吉の息子の義隆が、榊に伺いを立てる。彼らは榊より歳は上だが、この家では当主の決定が絶対だ。

「ああ」

「――――そんな、兄さん、それでいいのかよ！」

それまで押し黙っていた市矢が、兄の榊に抗議するように言葉を発する。

「いくら血を鎮めるためだからって、よりにもよって結那さんを――――、だいたい今時、しきたりだからっていって、そんなことできないよ！」

「市矢」

榊は弟の抗議を、静かな低い声で制した。

「お前は鬼戸の荒ぶる血のことをただの迷信だと思っているようだがな――――。それは違う。俺達が捧げ花を抱くのは、人としてあり続けるためだ」

「兄さん……」

榊にきっぱりと撥（は）ねつけられてしまって、市矢は深い落胆の表情を浮かべる。それをどこか痛ましく眺めながらも、結那は彼の気持ちが理解できるような気がした。結那自身、淫紋が浮かび上がるまでは、こんな因習はただの迷信だと思っていたのだ。

「結那」

榊に名を呼ばれ、結那は彼の顔を見る。

「夕食と風呂を済ませておけ。九時に離れに行く。お前が昔、覗いたところだ」

「……は、い」

結那はこくりと頷いた。返事をする声は、どこか掠れている。

「今度は逃げられんぞ。――覚悟しておけ」

当主として、どこか傲然と言い放つ榊の口元には、うっすらと笑みが浮かんでいた。その表情は、結那の知る飄々とした風情の彼とはどこかかけ離れているようにも見えて、鬼戸の家に流れるという鬼の血の存在のことが頭を掠めた。


結那はその後、子供の頃に盗み見た捧げ花を閉じ込めておくための離れに連れて行かれた。古い鍵の束をじゃらじゃらとさせる榊の背中に、不安そうに声をかける。

「俺も、ここに閉じ込められるの」

榊は振り向いて結那に優しく笑った。それは結那がよく知る彼の顔だった。

「今はそんなことしねえよ。それに、お前はもう逃げないだろ?」

振り向いた榊は、結那の下腹に服の上からそっと触れた。その途端、腰の奥にじいん、とした疼きが生まれる。

「っ！」

「いい子だ」

急に壁に押しつけられたかと思うと、唇を奪われた。その途端に、身体が燃え上がるような感覚が足元から這い上ってくる。

「あ…っ」

数年ぶりに交わす榊との口づけ。結那はそれを拒むことができなくて、肉厚の舌が歯列を割ってくるのを許した。敏感な口腔の粘膜を舐められると、背中がぞくぞくして大きく震えてしまう。

「…っ、んん…ぅ」

ずっと、ずっとこれを待っていた。本能にも似た興奮が込み上げてきて、結那は榊の着物の袖を強く手の中に握り込んだ。下肢を強く押しつけられ、その昂ぶりを思い知らされる。互いの下半身が衣服越しに擦り合わされて、はっきりとした快感が腰を走った。

「ああ、あっ…」

「……結那」

ぎゅう、と抱きしめられて、涙が出そうになる。自分はこんなにも彼に会いたかったのか。

「――あの時、お前を抱いておいて、本当によかった。お前の初めてを、儀式なんかにくれてやらなくて」

「……ね、聞きたいことが…、あるんだけど」

「うん？」

下半身を密着させ、緩く擦り合わせながら二人は囁き合った。もどかしい快感が腰の奥にわだかまっている。

「あの時…、俺が捧げ花になるって、榊、知ってた……？」

「……ああ。多分、そうなるかなって、思ってた」

鬼戸家の直系の嗅覚（きゅうかく）のようなもので、榊は結那が次の捧げ花になるということを知っていた。だからあの夏祭りの夜に、結那を抱いたのだろう。そうして結那の身に御印が現れても、黙って東京へと見送ってくれた。

「戻ってきちまったら、俺はもう、お前を捧げ花にするしかなくなるぞ」

「…いい、仕方ないよ」

そう言うと、榊は結那の唇に何度も口づける。数時間後には、結那はこの家の男達に抱かれてしまうのだ。その前にと、二人だけの口づけと愛撫に濡れる。

どんな目に遭うのかわかっていて、結那は戻ってきた。その理由はいくつかあるが、一つには、間違いなく、この男に会うためということが含まれている。そのことを、結那は今更ながらに思

い知らされた。

「こちらが着替えです。下着はつけないようにと」

夕食後、風呂に入る前に、宗吉の妻が結那に真新しい着替えを持ってきてくれた。

「ありがとうございます」

彼女は礼を言う結那に何も答えず、目も合わせずにそそくさと部屋を出て行く。その気持ちは、結那にもなんとなく理解できる。これから自分の夫に抱かれる人間を前にしたら、いい気分にはなれないだろう。

離れには風呂場も備え付けられていた。洗面所やトイレもあり、ここが独立した棟だということが理解できる。これまでの捧げ花達は、この離れに閉じ込められるようにして生きてきたのだろう。

入浴を済ませ、渡された白い浴衣を身につけた。言われた通りに下着をつけないで着ると、心許ないことこの上ない。緊張がいやがおうにも高まり、いっそ逃げ出してしまおうかという気持ちさえ浮かんでくる。

――――いいや、駄目だ。

ここで逃げたら、また元に戻ってしまう。結那はもう、意識のないままに男を漁るのはごめんだった。

淫紋は呪いだという。鬼戸家に呪いをかけたのは神代家の先祖だというのに、こうして苦しめられているのは結那自身だ。人を呪えば自分にも呪いが返ってくる。今の神代家の状況は、それを表していた。

二十一時になると、男達が部屋に入ってくる。結那は部屋の中央に敷かれた布団の上に座らされた。男達に取り囲まれて、落ち着かなくて身をすくませる。

「淫紋を見せろ」

榊に命令するように言われて、結那は浴衣の帯を解いた。肩からするりと布が落ち、帯を解いたために下着をつけていない下肢と、臍から下に赤い紋様の浮き出た腹が露になる。

「おお……」

「まさしく、捧げ花の御印だな」

「先代が役目を解かれてしばらく経つ。そろそろ、血が荒ぶってきたところだ」

榊はああ言っていたが、次の捧げ花は必要だったのだろう。ならば、自分がした覚悟は必要なものであったはずだ。

「そこに寝ろ」

　結那は榊の言う通りに布団に横たわった。枕元でカチャリという音がして、見ると黒っぽい蓋(ふた)付きの陶器がそこにある。君宏がそれを開け、中身を掌に出した。甘い、花のような匂いとともに出てくるのはとろりとした透明な液体だった。

「ん、ひゃっ」

　いきなりそれを肌に塗りつけられた結那はびくん、と身体を跳ねさせる。すると、周りにいた男達にたちまち手足を押さえつけられ、結那の身体の隅々にその液体を広げられてしまう。

「な、なに…っ、あっ、あっ！」

「ただの香油だ。今風に言うと、ローションか？　いい香りだろう？」

　甘ったるい花のような匂いが鼻腔をくすぐる。けれどそれよりも、結那は身体中の敏感なところまで這わせられる手の感触が耐えられなかった。香油をまとった榊の大きな手が胸の上から腋(わき)や脇腹あたりを繰り返し撫で上げ、時折胸の突起を摘(つま)んでくりくりと弄ってくる。

「ひ、や、あ…っ」

　いきなりそんな卑猥な愛撫をされて、気持ちのほうがついていかない。けれども結那の下腹はカアッと熱を持ち、腹の奥からじくじくと熱が込み上げてくる。背筋を舐め上げるようなそれは、結那に痺れるような興奮をもたらした。

「くあ、あぁ……っ」

気持ちいい。

ぬるぬるした手指に身体中を這い回られて、どんどんいやらしい気持ちになっていく。

気がつけば、他の男達の手も全身を這っていた。香油でぬめった指が、両脚の内股や、足の指先、その裏側をくすぐるように刺激してくる。

「…っあ、ああ~~…っ」

結那はもうはっきりとした快楽を感じて、背中と喉元を反らした。

「気持ちいいか?」

「あっ、あっ、くすぐった……」

身体の柔らかい部分に這わせられる指先にたまらずに身を捩るも、すぐに押さえられてそこを責められる。羞恥と興奮と屈辱がない交ぜになって、結那の思考は徐々にかき乱されていった。

身体中を襲う、異様な快楽。

「んっ、んうっ」

「捧げ花には、徹底的に快感を教えてやらんとな。イくことがどんなに気持ちいいのかわかると、自分からねだるようになってくる」

宗吉の言葉に、結那は凄まじい羞恥を感じた。両脚を大きく広げられ、脚の間が剝き出しになっている。その股間では刺激に反応した結那自身が、そそり立って天を向いていた。先端からは透明な愛液が滲み出し、屹立を伝い落ちていく。

「は、はあ、ああ……っ」

香油を塗り込まれた肌はあやしく光り、吐息の乱れと快楽にうねっていた。ふいに乳首を摘まれ、くりくりと揉まれると、胸の先から腰の奥へとはっきりとした快感が走る。

「ひ、あん、んん…っ」

「すぐに固くなるなあ。いやらしい乳首だ。弄りまくって、もっと大きくしてやるからな」

「や、アっ、あ…っ」

気持ちいい。刺激されているのは胸なのに、脚の間に直接快感が走った。それなのにまだそこを触ってもらえなくて、もどかしさに頭が破裂しそうになる。腰が揺れて、浮き上がった。男達の指は股間のものをわざと避けて、脚の付け根を撫で回している。

「ん…っ、んう〜〜っ」

下腹がじくじくと熱を持って疼いていた。淫紋が脈打っているようだ。それは快楽を与えられて、悦んでいる。結那にはそれがわかった。

（いやらしいことを、されたがっている）

自分の身体の奥底で、何かが目覚めている。長い間身を潜めるようにして抑えつけられていた

ものが、ようやく許されて起き上がろうとしている。それは恐怖であり、またこの上ない歓びでもあった。

「こんなにおっ勃てて、つらそうだな」

「ひうぅっ」

榊の指先で屹立を根元からなぞられて、結那は泣くような声を上げる。張りつめた内股に小さく痙攣が走った。

「ここも、今日から毎日のように可愛がられるんだぞ。扱かれたり、舐められたりして、お前はそのたびに腰を振ってよがり泣くんだ」

「や、や…っ」

榊の淫らな言葉は、結那に怯えと、そして期待をもたらした。そんなことは望んでいない。捧げ花になったから、仕方なくなのに——。

けれど、そんなことをされるなんて嬉しい。ずっといやらしいことをされていたい。榊と、この家の男達に、あらゆる気持ちのいいことを——。

(今、何を考えていた?)

ふっ、と理性の波に捕らわれて、結那は自分の衝動に戦いた。自分が自分でないみたいだった。

その時、さんざん焦らされていたものを榊に握り込まれ、大きな掌で上下に擦られて、鋭い快感に突き上げられる。

「んあ、あぁ～～…っ」

びくん、びくん、と腰が跳ねた。下半身が快感に占拠される。理性を手放すなと訴える思考が、白く染め上げられていった。

「ア、ん、んん――――…っ」

榊が手を動かすたびに、くちゅくちゅという音が卑猥に響く。欲しかった刺激を与えられて、結那は腰骨が痺れるような、蕩けるような愉悦を味わわされた。その間も乳首や腋など、弱い場所を同時に虐められているので、どう快感に耐えていいのかわからない。

「ふ、あ、あ、あああぁあ…っ、い、一緒、だめぇえ…っ」

結那は東京で、不特定多数の男達と淫行に耽ったことを思い出した。けれど、今の快感は、その時とは比べものにならない。

「どこが一番気持ちいいんだ？」

「あ、わ、わかん、な…っ」

義隆の言葉に、結那はかぶりを振った。身体のあちこちから湧き上がる快感は体内で混ざり合い、どこが一番感じているのかわからない。

「嘘だろう？　結那。やっぱりここが一番気持ちいいんじゃないのか？」

「んっあっ、ああんんっ！」

榊の指の腹で裏筋を擦られ、先端をくりくりと刺激されて、結那は全身をがくがくと震わせた。

一際強い刺激が身体の中心を走って、声が勝手に漏れてしまう。

「ああ、あう、あぁぁあっ」

「はは、まあ確かにそこが一番気持ちいいよなあ」

「いやいや、まだあるじゃないか。なあ榊」

「ああ、そうだな。――ここが」

「ひぅううっ」

榊の指が結那の股間の奥に潜り込み、最奥の窄まりを探し当てた。そのままずぶずぶと中に挿れられて、ずくん、と内壁が快感を訴える。

榊が結那の股間のものから手を離してしまったので、他の男達の手がそこに絡みついていった。根元を弄る指、幹を擦り立てる指、そして先端を弄くる指。榊の指は結那の柔らかい媚肉をかき分け、肉洞を擦り上げていった。

「あ…っ、ああ――…っ！」

身体中が火を噴きそうになる。前と後ろ、そしていくつもの性感帯を同時に弄られ、責められて、結那はびくびくと震えた。

「はっ、ひっ、あっ、あっあっ」

以前、夏祭りの夜に、榊に初めて抱かれたことを思い出す。その時の快楽の記憶が混ざり合い、結那は我を忘れた。

あの濃密な、息が詰まるような恍惚（こうこつ）。それが今、結那の肉体に甦る。

あの時も、結那は恥知らずなほどに感じた。

「そろそろくれてやろうか」

中から指が引き抜かれて、両の膝の裏に手をかけられる。結那の身体の上に、榊がのしかかってきた。結那の肉洞はひくひくと蠢き、そこを埋めるものを早く欲しがっている。

「あ、あ、さか、きっ…」

「……お前は、もう、この家のものだ」

入り口に熱いものが押し当てられたかと思うと、ずぶずぶと押し這入ってきた。肉環を広げられる刺激に、全身がぞくぞくと粟立つ。

「んあ、ア、あぁぁあ」

榊が這入ってきた。身体中を包む快感に、力の入らない指で敷布を握り込む。数年ぶりに受け入れる彼のものは記憶にあるものよりも更に逞（たくま）しくて、熱かった。

「今日は奥まで入れるからな…」

「あ、あ、うぁあ、くぅうんっ」

凄まじい快楽が体内から手足の先まで広がり、結那の視界が真っ白に染まる。その瞬間、結那は股間のものから白蜜を弾けさせた。下半身をがくがくとわななかせ、中にいる榊をぎゅうっと締めつける。

「…っ、入れられただけでイったのか？」

「ああ、あ、だって、だってぇ…」

こんなことをされて、我慢できるわけがない。結那は子供の頃からずっと、この榊に特別な感情を抱いていたのだ。

捧げ花になれば、彼だけではない、他の男も相手にしなくてはいけない。それでも、彼に抱かれるのは歓びでしかなかった。身体の奥がひっきりなしに収縮している。まるで結那の肉体それ自体が意志を持ち、榊との性交を愉しんでいるようだった。

「もっと入れてやる。ほら、奥を開け」

「あっ、あ――…っ、む、むり、あっ、そんな、すご、いっ……！」

男達による愛撫が結那の身体から力を奪う。その隙に、榊は結那の最奥へと挑んでいった。閉じていた場所が凶器の先端でこじ開けられ、男根がずるりと這入り込む。

「――…っ、ア」

結那は声も出せずにのけぞった。それまで感じたことがないほどの快感に頭から呑まれる。さっき達したばかりなのに深い絶頂が押し寄せてきて、結那はまた達してしまった。射精したかどうかは、よくわからない。

「ひ…っ、あぁ～～――――…っ」

「ようし、いい子だ。よく呑み込めたな」

ずちゅ、ずちゅ、と音を立てて、榊のものが肉洞を擦り上げる。背中がぞくぞく震えるのが止まらない。

「結那、どうだ。榊に入れられて、気持ちいいか？」

「あっ、あう、ああんんっ、き、きもちいっ、いい～～っ」

はしたないとか、恥ずかしいとか、そういう気持ちは頭の中からすっぽりと消え失せてしまったように、結那は卑猥な言葉を垂れ流した。

「…っあ――――っイくっ、ま、また、いっ、くぅ…っ」

ずうん、ずうん、と奥を突かれるたびに、死んでしまいそうな快感が込み上げる。

「今回の捧げ花は、またずいぶんと好きものだな」

「愉しめるなら、そのほうが幸せだろうよ」

沸騰した意識の中で、誰かの言葉が聞こえる。けれどそれを理解できる理性は、今の結那にはなかった。こんな異常な状況にもかかわらず、榊に挿れられて嬉しいと感じている。全身の細胞が歓んでいた。いっぱいに彼をくわえ込んだ肉洞がひくひくと蠢き、その形状を味わっている。

「あ、あぁう、ふあ、あ…っ、んぁあ」

結那は自らの腰を卑猥に揺らしていた。喘ぐ開きっぱなしの口の端から唾液が零れる。

「そら…そら、もっと感じろ。俺達の血を鎮めてくれ、結那……」

「ああっ、あんんんっ」

奥を小刻みに突かれて、結那はまた達した。イくたびに榊を強く締めつけてしまい、彼の喉から低い呻きが漏れる。体内で感じるどくどくとした脈動が大きくなって、榊がもうすぐ爆ぜる予感がした。

「お前の一番奥に…俺の飛沫を、たっぷりと注いでやる」

次の瞬間、内奥で滾るような熱いものが弾けて、肉洞を満たした。媚肉にしみ入るような刺激がたまらなくて、結那はまたイってしまう。

「ああ、あう、あ、あっ!」

頭が弾けそうだ。全身がふわふわする。そんな苛烈な快感も、結那の肉体は貪るように受け入れた。体内を榊で満たされて、多幸感すら覚えてしまう。絶頂に震える身体がぴくぴくと余韻にわなないた。

「う、んん…っ」

ずるり、と中から引き抜かれる感覚にも、背中がぞわぞわとする。榊のものが出て行くと、ごぽっ、という音とともに白濁が零れていった。

「ははっ、ずいぶん注いだなあ」

「榊は結那のことを前から可愛がっていたからな」

「そうか。それじゃ、今回のことは気の毒だったな」

君宏達の言葉に、榊は無言だった。手早く着衣を整えると、結那の脚の間から退く。空いた場所には、すぐに君宏がやってきた。力の入らない脚を抱え上げられ、ヒクついた後孔が露になる。

「あっ…」

「さあ、また気持ちよくしてやる」

榊に犯されたばかりのそこに、君宏のものが押し当てられ、一気に貫かれた。

「んあぁぁあ——っ」

柔らかく濡れていた肉洞は、易々と男根を受け入れ、快感を訴える。さんざん達した結那の肢体は、性的な刺激にひどく弱くなっていた。

「あっ、あっ、ああっ」

ずちゅ、ずちゅと突かれ、揺らされて、信じられない愉悦が奥底から込み上げてくる。相手が誰でも、結那の身体は止まらなかった。

「結那」

「んんんっ」

榊が頭のほうから結那の唇を塞ぎ、両の乳首を摘んで転がしてくる。その気持ちよさに君宏のものをきゅううっ、と締めつけた。

「うっ、いいぞ…」

「んっ、ん…ふ、んん…っ、い、いい…っ」

中をかき回され、結那の両脚が大きく震える。やがて再び内部に出され、下腹を君宏の精で満たされた。

「まだだぞ。がんばれるな、結那」

「や、も…お、やだ…っ」

快楽にわけがわからなくなり、いやいやとかぶりを振る結那を、榊が宥める。後ろから結那の上体を抱え上げ、耳の中に舌先を差し込んできた。ぞくっ、と腰から背中にかけて愉悦が走る。

「や、ア、あ……んんっ」

「どれ、今度は俺だ」

宗吉に両脚を抱えられ、泡立った後孔に男根の先端を押し当てられる。結那のそこは、さんざ陵辱されたにもかかわらず物欲しげに収縮していた。そこに鬼戸家の男のものがねじ込まれ、る。

「……っ、あっ、あ〜〜っ」

こじ開けられる感覚が我慢できなくて、結那は榊の腕の中でのけぞった。汗に濡れた身体がぶるぶると震える。

「気持ちいいだろう、ええ？」

「ああ、んんっ、アっ、あ——〜〜……っ」

肉体が熔け崩れそうな快感に結那はすすり泣いた。腰が勝手に動いてしまう。男根が奥まで挿入されると、淫紋の刻まれた下腹がびくびくと動いて、屹立から白蜜を弾けさせた。

「もうすっかり挿れられただけでイくようになったな」

「あ、イく、イってる、からぁっ……！」

絶頂に痙攣している媚肉を容赦なく擦り上げられて、結那は過ぎる快感に身悶える。ただでさえ男の抽挿でたまらなくなっている結那の身体を、優しくも残酷な愛撫の手が襲った。乳首を転がされ、脇腹を撫で上げられ、足の指の股に指先を這わされる。そして榊が、たった今吐精したばかりのものに指を絡ませ、ゆっくりと扱き上げてきた。

「んんっ、アっ！　あぁぁぁあ〜〜っ」

全身が気持ちよすぎて、いったいどこで感じているのか、そして今自分が達しているのかそうでないのかもよくわからなくて、反った身体をただひくひくとわななかせる。

「うっ…、いいぞ結那、きついくらいだ…っ」

ひっきりなしに結那に締め上げられた宗吉が、感嘆の言葉を漏らした。感じやすい場所を突かれ、さんざん泣かされた後で、ようやっと宗吉を射精させることに成功する。

「あっ…はっ、ああんんんう…っ！」

びくっ、びくっ、と大きく身体を跳ね上げ、結那は榊の手の中でまた精を吐き出した。

「あ…〜〜っ」

ずるり、と引き抜かれ、その感触にもぶるりと内股を震わせる。快楽の火で炙（あぶ）られて、理性はもうすっかり熔け崩れていた。身体中がじんじんと痺れ、自分の意志ではもううまく動かすことすらできない。それなのに、まだ結那の中に侵入を果たしていない義隆が脚を抱え上げてきた。

「あ、ア、もうっ、もうっ…！」

「駄目だ。もっと脚を開け。そら、挿れるぞ…」

「んんっ、ん――〜〜っ」

ずぶずぶと中を押し開かれ、結那は快楽の悲鳴を上げる。何も考えられない、気持ちいい。

正気を失ってしまうのではないかと思う恍惚の中、結那の脳裏に、唐突にある光景が浮かび上がった。

(――――)

線の細い、一人の青年の姿。それが少し離れたところで、犯される結那をじっと見ている。どこか悲しそうな、諦めたようなその瞳。

――――あの人は。

遠い記憶の中に、結那はその青年の姿を見つけ出す。あれは、以前ここで犯されていた、前の捧げ花だ。

青年は着ていた浴衣の帯を解き、その前をゆっくりと開く。現れた白い下腹には、結那と同じ淫紋がくっきりと刻まれていた。

「……」

目を開けると、見慣れない天井が視界に入った。一瞬、結那は状況がよくわからず、頭を巡らせてあたりを見回す。身じろいだ時に身体に感じた疼痛と、脚の間にまだ何か入っているような感覚に、夕べの記憶が一気に甦ってくる。

「う、あ」

現実離れした、常識では考えられないほどの淫靡な行為の数々。まるで夢だったのかと思ってしまうようなそれは、だが現実にこの家で、この身体に起きたことだった。そうしてそれは、結那が捧げ花である限り、この先も繰り返される。

「──」

結那は唇を噛んだ。あれで、本当によかったんだろうか。

「──もう、逃げ場はないって、わかってるだろ」

ここで逃げ出したとしても、身体に刻みつけられた淫紋がある限り、どのみち男なしではいられない。それなら、せめて役目を果たしたほうがマシだと覚悟したのは、結那自身ではないか。

そう思い直してため息をついた時、誰かが歩いてくる音が聞こえた。反射的にびくりと身をすくませる。部屋の襖がスッ、と開いた。

「起きてるか」

「……っ、榊」

入り口に立っていたのは榊だった。着物ではなく、ラフなスラックスとシャツを身につけている。

昨日の今日でどんな顔をしていいのかわからなくて、結那は咄嗟に彼から視線を逸らした。顔が熱い。

「身体は平気か」

「少し怠いけど、別に」

「それは上等だ」

榊は笑った。その乾いた笑いは、昨夜の狂乱の宴をともに過ごした男のものとは思えず、結那は少しばかりムッとしてしまう。

「風呂に入れるなら入れ。それから――」

「それから?」

結那が問い返した後、榊は続けた。

「出かけよう。メシでも食いに行こうぜ」

入浴して昨夜の残滓(ざんし)を洗い流し、用意された新しい服に着替えると、ようやっと気分がすっきりした。屋敷を出ると、榊が車に乗って待っている。少し迷ってから、結那は助手席に座った。

「よかった」

「え？」

「後ろに乗られたら、少しへこんでたからな」

「……どういう神経でそういうこと言うのか、よくわからないんだけど」

結那が答えると、彼は声を立てて笑いながら車を出した。鬼戸家の敷地を出て、狭い道路を抜けると、新市街へ出る少し広い道路に出る。

「向こうに行くの？」

「今時の店ならあっちだろ」

榊の言う通り、旧市街のこちらには、古くから営業している蕎麦(そば)屋や定食屋などが多い。全国展開のチェーン店や、首都圏の資本が入っているものは、圧倒的に新市街にあった。

それでも町自体がさほど大きくないために、車で十分も走れば繁華街と呼ばれる場所に着く。

榊は駐車場に車を駐め、結那を伴って大通りを歩いた。

「ずいぶん拓(ひら)けてきたね、ここも」

「まあな」

結那がこの町を出た四年前と比べても、通りはだいぶ様変わりしている。だが、鬼戸家のある旧市街は、時の流れから取り残されたようにひっそりとしていた。

彼らが鬼の血を引いているだなんて、知らない人も多いのだろう。それどころか、馬鹿げた因習だと笑い飛ばす人間もいるに違いない。結那ですら、以前はそうだった。

「何か食いたいものあるか?」

「あ…、うん、なんでもいい」

「洒落(しゃれ)た店なんて、東京に住んでたお前からしたら今更って感じだよな」

「あまりそういうとこ行かなかったし、どっちかって言ったら苦手なほうかも」

「……そっか」

榊はちょっと笑って、結那を一軒の店に連れて行った。年季の入った店構えで、店名の横に『洋食屋』と書いてある。

「ここ、子供の頃に来たことあったかも」

まだ両親が生きていた頃、家族で食事をしたことがある。今はもう、その時にいた店の人はいなくなってしまったが。

「やあ、榊さん、いらっしゃい」

カウンターの向こうから声をかけてきた年配のマスターは、榊を見ると親しげに声をかけてきた。この町で古くから商売をする者は、新市街といえども鬼戸家と関わらずにはいられない。

結那と榊は奥の四人がけの席に座った。店内は半分ほどの席が客で埋まっている。結那がナポリタンとアイスティーを注文すると、ほどなくして運ばれてきた。サービスだといって上に目玉焼きがのっている。榊はエビピラフとアイスコーヒーで、やはり目玉焼きがのっていた。

「懐かしい。うまい」

「だと思ってな。俺もちょくちょく来るし」

「……町、ずいぶん変わったね。こっちのほうは」

「だな。東京から新しい店を出したいって、毎月のように聞く」

町の行政とも繋がっている鬼戸家には、そんな情報も入ってくるのだろう。

「でも、旧市街のほうは全然変わらないけど」

「新しい波は、新しい町にまかせるのがいいんだよ。俺達はひっそりと生きていくさ」

ずっと昔から変わらず、定められた因習に従っている鬼戸の家のことを言っているのだろうか。

その言葉は、結那の知る榊という男のものにしては似合わないような気がした。

「思ったよりしっかりしてるな」

「え?」

「もっと取り乱したり、べそかいているかと思った」

からかわれているのだと思って顔を上げたが、榊は笑ってはいなかった。どこかやるせないような、優しい目をしていて、結那は逆に戸惑ってしまう。

「……俺が決めたことだから。仕方ないだろ。御印が出たんだから」

「俺のせいかもしれない」

「え?」

「お前が捧げ花に選ばれてしまったのは、俺のせいなのかもしれない」

そんなことを言い出した彼を、結那はじっと見つめた。

「……どうして」

「鬼戸家の直系である俺が、神代家のお前と交わったことで、捧げ花の血を誘発してしまったのかもな」

榊が言っているのは、あの夏祭りの夜のことだろう。結那は眦(まなじり)をきっ、と鋭くして彼を見返した。

「後悔しているのかよ」

たとえそうであったとしても、榊の口からそんなことは聞きたくなかった。一度はこの土地から逃げ出してしまった身ではあっても、今は自分の意志でここにいる。あの時だってそうだ。結那は自分の意志で彼に抱かれた。本当にいやであれば、強く抵抗している。そうなれば、彼はきっと無理強いはしなかっただろう。

「いや、してない」

榊は短く答えた。

「だから困っている」

彼は小さく笑った。どこか自嘲（じちょう）めいた笑みだった。

食事の後、榊は結那を車に乗せ、町の中を走った。結那が東京に行っていた間に、変化した町の様子を見せてくれているつもりらしい。途中カフェに入って、お茶を飲んだ。シンプルでシックな店内は東京にある店と変わらないように見えて、この町にも都会化の波が容赦なく押し寄せてきていることを感じさせられた。榊の向かいに座って飲んだ紅茶は、美味しかった。

日が暮れて、車は町を見下ろす高台に止まる。黄昏が町をオレンジ色に染めたと思ったら、あっという間に空が紺色になった。この町は、夜が早い。

「昨日の儀式はどうだった？　感じたか？」

車の中で、榊がふいにそんなことを聞いてくる。結那は驚いて彼の顔を見上げた。榊はそれまでの優しい表情とは違い、意地悪く結那を追いつめるような顔をしている。その手は結那の衣服の中に潜り込み、ゆっくりと肌を撫で上げてきた。

「っ……」

ぴくん、と身体が震える。

「これからしょっちゅうあんなことがあって、お前は耐えられるのか」

そんな言葉を吐く榊が、結那は不思議でならなかった。彼は鬼戸家の当主で、本来なら東京まで結那を連れ戻しに来てもいいくらいの立場なのだ。

「耐えられるとか耐えられないとか、もうそういう話じゃないだろ」

結那自身、いやというほどに思い知った。子供の頃に盗み見た捧げ花の痴態。あれはまさしく、今現在の結那なのだ。

「東京で、知らない男に抱かれたんだ。それも、俺から誘って」

そう言った時、榊が微かに息を呑むのがわかる。男らしい眉が顰められた。

「あの時の俺は、男が欲しくて欲しくて――――、ヤってる間、正気じゃなかった。昨夜と同じだ。ううん、昨夜のほうが、すごかった」

次第に榊を煽るような口調になっているのが自分でもわかる。どうしてこんな恥ずかしいことを口走ってしまうのだろう。それも捧げ花になったことの影響なのだろうか。

そういう問題ではない、などと口にしていても、結那は自分の運命に完全に納得できたわけではない。当たり前だ。いいように男に身体を弄ばれる運命なんて、そうそう納得できるはずがない。

「結那、やめろ」

榊のもう片方の手が、結那の手首を摑む。振り払おうとしたが、彼の力は強かった。そして結那を黙らせるよう、唇が塞がれる。

「ん……っ」

昨日よりも更に攻撃的な肉厚の舌。彼の舌が這入ってくると、それだけで口の中がいっぱいになってしまいそうで、結那は甘苦しい感覚に喉を鳴らした。薄く目を開けると、榊の肩越しにフロントガラスを通した夕日が見える。滲むような輪郭の、血のように赤い色。その色を見ると、結那は妙に興奮した。呪われた故郷の、情欲の色。結那の舌を吸いながら腰のあたりをまさぐっていた榊の手が股間に滑り、そこを衣服の上から撫で上げた。

「んふ、んぅっ……」

その瞬間に、脚の間からずん、と突き上げるような快感が込み上げる。結那はその感覚にたまらず腰を揺らした。

「ぁ、ア」

「……昔のままではいられないってことか」

嬲るような、どこか自嘲を孕(はら)んだ笑うような声が耳に注がれる。背中を撫で上げられるぞくぞくした感覚に襲われた。シートが倒され、結那は車の中で榊に組み敷かれる。身体の力が抜けていって、抵抗できない。

「お前の身体はもう、鬼戸の男に逆らえなくなっている」

「あっ…、や…っ、あ、ん…っ」

榊の大きな掌で服の上から強く股間を揉まれ、結那は快感に身を捩った。下肢を中心に身体がカアッと熱くなり、昨夜の淫らな記憶が甦る。頭の芯がぼうっと痺れていった。

「こうやって少し触られただけでも、もう身体がどうにもならなくなるだろう？　……今までの捧げ花達は、皆そうだった」

熱くて、それでいてもどかしい感覚に、結那はシートの上で腰を浮かせた。それと同時に、榊が他の捧げ花を抱く様子を想像してしまって、唇を噛む。

「――――やきもちか？」

「な、何を……そんな…っ」

まるで自分が嫉妬めいたことを思っていたのを見抜かれたような気がして、結那は慌てた。けれどもう一度口づけられ、舌を吸われると、そんなことすら考えられなくなってしまう。そしてそんな口づけに夢中にさせられているうちに、榊の手が下肢の衣服の中に入ってきた。

「んん、ああ」

直接握り込まれて腰が跳ねたかと思うと、もう片方の手で容赦なく下着ごと引きずり下ろされる。下半身を裸にされて、結那は恥ずかしさにたじろいだ。車の中とはいえ、誰かが中を覗き込んだら、自分達が何をしているのか一目でわかってしまうだろう。

「や、やっ…、見られ、るっ…」

「大丈夫だ、誰も来ない。――――来たとしても、何も言われやしないさ」

確かに、鬼戸家はこの町では権勢をふるっていて、その当主である榊が車の中で不埒な行為をしていたとしても、眉を顰めこそすれ、咎める者はいないだろう。

だが、そうは言っても、突然衣服を脱がされれば心許ない。けれどそんな結那を榊は熱のこもった目で見つめてきた。その瞳の奥で揺らめく焔は、結那を炙り焦がそうとしている。欲に歪んだ、凶暴な鬼の目。

「――あ」

その瞳に捕らえられると、結那の身体から力が抜けていく。まるで捕食者に捕らわれた哀れな獲物のようだと思った。


「…っふ、うぅ、ぁんん……っ」

ナビシートの上で広げられた両脚は閉じられない。その脚の間で、榊の指がひどく淫らに動いていた。

「あっ…、あ…っ」

腹にくっつかんばかりにそそり立っている結那のものは、彼の優しくも残酷な指先で可愛がられている。根元から羽根のように柔らかいタッチで何度も撫で上げられ、その先端も触れるか触れないかで焦らされて、時折思い出したように指の腹でくるくると撫で回された。そのたまらない刺激に、小さな蜜口からは愛液がしとどにあふれ、根元にまで伝って濡らしている。

「はっ…あっ…、それ…っ」

「ん…？　どうした」

強い刺激をくれない。わざとだ。それなのに、彼はそんなふうに意地悪を言ってくる。

「も、もっと…、ちゃんと」

羞恥に耐えながら結那が訴えた時、唐突にそれを握られ、上下に強く扱かれた。欲しかった刺激を急に与えられて、結那の肢体が大きくのけぞる。

「んぁぁあぁっ」

いい。気持ちいい。結那はその快感に身を委ねようとした。だが、それは与えられた時と同様に、唐突に離れていく。

「やっ、あぁあ、なんで…っ」

もっと、感じさせて欲しい。頭が痺れるような刺激で追い上げて欲しいのに。濡れた瞳で責めるように榊を見ると、彼は困ったように笑って軽く口づけてきた。

「お前を虐めたい気分だ」

「な、なんだよ、それ…っ」

「嫉妬だよ。悪いな」

「え…っ」

まさか、昨夜の儀式のことを言っているのか。そんなの、どうにもならないことなのに。結那とて、この淫紋が身に浮かばなければ、榊以外の男に抱かれたいなんて思わない。けれど淫らな呪いをかけられたこの身体は、理性なんて生易しいものでは到底太刀打ちできないのだ。

「まあそれはそれとして、虐められるのも好きだろう、お前」

榊はわざとふざけたような口調になって、結那の両手をひとまとめにして掴み、引き上げた。そうしてヘッドレストにくくりつけられるように縛られてしまい、結那は半裸の肢体をいっそう無防備に晒すことになってしまう。

「あっ…」

そんな無体をされ、下腹の淫紋が疼くように熱くなった。

「今日は俺だけに虐めさせてくれよ」

「あ、ぁ、ふぅううっ」

シャツの前をはだけられ、舌先で乳首を転がされる。もう片方も指先で引っかくように刺激されると、胸から腰の奥へとダイレクトに快感が走った。すでに尖っていたその突起は、執拗に吸われ、ねぶられて、じんじんと熱を蓄える。

「んん、ん…っ、あぁぁあ……っ」

榊は、股間のものにはろくに刺激をくれないくせに、乳首はしつこいくらいに愛撫してきた。そしてそこは結那にとって、最も感じる部位の一つであるから、たまらない。

「はっ、あっ、ああっ、……っそこ、ばっかり…っ」

「もっと弄くって、もっと大きくしてやるからな」

そんなのいやだ。恥ずかしい。そう抗議しようとしても、濡れた唇から漏れるのはいやらしい喘ぎばかりだった。これが本当に自分の声なのだろうかと、誰かに抱かれるたびに結那はいつも思う。

「んっ、ん、んぅううう……っ」

じゅう、と音を立てて乳首を乳暈ごと吸われ、内奥が引きつれるような快感が走った。思わず腰を浮かせてしまうと、張りつめた股間のものを指先でつうっと撫で上げられる。

「あっ、あっ！」

その刺激がよくて、結那は浮かせた腰をぶるぶると震わせた。それなのに、また彼の指はそこから離れていってしまう。

「…あ―――…っ」

いや、いや、と、結那は尻を振り立てた。触ってもらえないのに、乳首への責めで中だけがきゅうきゅうと収縮するほどに感じている。自分で触ろうにも、両腕は頭の上で封じられていた。

「や、…っ！　虐めるなら、ここも、虐めろよぉ…っ」

「我慢してろ。乳首でイったら、舐めてやるから」

反対側の突起も同じように吸われてしゃぶられ、神経がじゅくじゅくと疼く。二つの乳首は今

や、結那をよがらせて泣かせるほどの立派な性感帯だった。指で嬲られているほうも、くりくりと摘まれ、押しつぶすようにされて、微妙に異なる快感をもたらす。下腹の奥でぐつぐつと凝っているものが、少しずつ身体中に広がっていくようだった。乳首だけを念入りに可愛がられて、もう、イきそうになる。

「んん、ア、あ」

我慢できず、また腰がぐぐっ、と浮いた。気持ちいい。どうして。

「あっ、い…くっ、うう、イ、くぅうう……っ！」

腰骨が蕩けそうな感覚に見舞われたかと思うと、急激に襲ってきた射精感に、結那は嬌声を上げた。ほとんど放っておかれたものの先端から白蜜を弾けさせ、下腹の淫紋を汚す。乳首を攻められて達してしまった身体は、ひくひくとわなないていた。絶頂の波がなかなか退いていかない。

「いい子だ。ちゃんとイけたな」

榊がようやっと乳首から口を離す。そこは卑猥に色づいて、ぽってりと膨らんでいた。

「可愛い色と大きさになった」

「ああっ！」

腫れた乳暈ごと摘んでくりくりと弄られると、これ以上は耐えられない刺激に見舞われてしまう。

「も、もうっ、そこ、さわらな……っ」

極めるほどに感じてしまったので、神経が剝き出しのようになってしまっている。そこを更に愛撫されて、結那はシートの上で大きくのけぞった。赤く尖った結那の乳首は、榊の親指でくすぐるように弾かれ、撫で回される。そうして残りの指が、結那の敏感な腋や腋下にまで伸びてきた。

「ひぁあ、あぁぁあっ」

異様な刺激を与えられ、身体の震えが止まらない。

「だめぇ、だめええ、そこぉ…っ」

「くすぐったいのか？　……可愛いな。そんなに悶えて」

腋の下のくぼみで榊の指が這い回るように踊った。そのたびに、乳首や股間のものが痛いほどに疼く。興奮が全身を包み、頭の中が沸騰しそうだった。

「あっ、あっあっ！　ま、また、いっ…、いく、イく――…っ」

いやらしすぎる愛撫に、結那は下腹を波打たせてまた絶頂に達してしまった。放置されている哀れな屹立の先端から、とぷ、とぷ、と白蜜が零れていく。

（あ、いく、イってる）

何かが目覚めてしまったように、結那の肉体は明らかに淫らになっていっていた。そして身体だけではない。卑猥なことをされれば、あっという間に興奮が心身を支配し、もうどうにでもして欲しくなる。

「あ、あん、榊…っ」

「結那……」

喘ぐ唇に、彼のそれが重なった。呼吸が整わないうちに舌を吸われて、酸素が足りなくなる。苦しい、と思う寸前に解放され、結那は反射的に空気を吸い込む。榊の唇が下がっていくのに気づいたのはすぐだった。

「ああ、あっ！」

期待と不安に声が出る。結那の太腿が大きく開かれ、つま先が車のフロントガラスに当たった。

「いい子で我慢していたからな。ご褒美だ」

「……っあ、あ――～～…っ」

結那のものが熱い粘膜に覆われ、絡みつかれ、ゆっくりと吸われる。身を焦がすほどに切望していた快感を与えられて、腰骨が灼けつきそうな感覚に見舞われた。あまりの快楽に口の端から唾液が零れる。

「あ、は…あ、ア、ひぃ――…」

少しざらりとした舌で裏筋を舐め上げられて、結那の腰がぶるぶると震えた。あんなに欲しがっていた刺激なのに、強すぎて受け止めきれない。けれど無意識に逃げようとする腰は容赦なく引き戻されて、まるで拒んだ罰だとでもいうようにじゅううっ、と吸われた。

「んぁあ――――…っ、ア、そんなにぃ…っ、吸わな…でっ」

「…なんでだ。気持ちいいんだろ？」

「…っ、つ、強すぎ…っ、アぁ…っ、あっ！」

先端をぬる、と舐められ、下半身全体が痺れる。大きな愉悦の塊に身体の中を支配されていくようだった。脚の間から脳天まで鋭い刺激が貫く。

「ああっ！　出る、出る……っ」

がくん、と身体全体が跳ねた。途方もない射精感が込み上げ、結那は卑猥な声を上げる。

「あ…っ、ああアぁあぁ～～っ」

腰が浮き上がりそうになったところを、榊に強く押さえつけられた。結那はその状態で、彼の口中に白蜜を思いきり放ってしまう。腰が抜けそうな射精感に、ヘッドレストに後頭部を強く押しつけて耐えた。

「は…っ、は…っ」

「よかったか？」

結那の精をそのまますべて飲み込んでしまった榊は顔を上げると、汗で額に張りついた結那の前髪をかき上げる。

「最初はここまでするつもりじゃなかったんだが……、お前が色々と煽ってくれるからつい虐めちまった」

ごめんな、と謝るように額に口づけてくるが、両手首を縛った布は解いてくれない。それどころか、榊は自分の男根を、結那に見せつけるように衣服からゆっくりと取り出す。まるで、今からお前は犯されるのだと思い知らせるように。

だが、結那はもう、男のものを受け入れなければ収まりがつかなかった。後孔の奥はさっきから収縮しっぱなしで、ねじ込まれるのを今か今かと待ちわびている。

「ちゃんと挿れてやるから心配するな」

「……っ、う」

ヒクつく入り口に剛直を押しつけられると、全身が総毛立つような感じがした。そんな結那の入り口を、いきり立ったものが強引に押し開いてくる。圧倒的な質量と熱さを持つものが、肉環をこじ開け、肉洞を犯していった。

「――――ああ、あ、くあぁああ…っ！」

まだほんの入り口を擦られただけで、結那は達してしまった。だがのけぞり痙攣する肢体に構わず、榊は奥まで押し這入ろうとする。

「う、あ…ア、待て、まって…っ、いっ、てる、から、あっ！」

すすり泣きながら訴えているのに、彼はちっとも言うことを聞いてくれない。それどころか一気に根元まで沈め、その先端でわななく肉洞を容赦なく捏ね回してきた。

「んん、ア！　あ、あ～～っ！」

達している間にまたイってしまう。快楽が二重にも三重にも重なるような感覚が耐えきれない。結那の悲鳴が、車の中に響き渡った。太いもので奥まで犯されてしまい、息が止まりそうになる。口の端から唾液が滴って、それを榊の舌先が舐め上げ、そのまま口づけられた。

「んっ、ん――――、んう…っ」

苦しくて、気持ちがいい。口まで一緒に犯されたことで、快感が体内で膨れ上がる。結那は自分から顔を傾け、ぴちゃぴちゃと音を立てながら榊の舌を吸い返した。

「ふあっ…、んんう、あぁ…っ」

榊の男根が、入り口から奥までをまんべんなく擦り上げてくる。足のつま先まで甘く痺れて、ちょうど淫紋のあるあたり、下腹の奥で、じゅわじゅわと快感が生まれては広がっていった。

「…っ結那、結那――――…」

榊が耳元で結那の名を呼ぶ。鼓膜をくすぐられるような響きに、腰から背筋にかけてぞくぞくと震えが走った。

「あ、だ…め、あっ！　い、いぃ、いく…っ」

「…またイくのか？　いいぞ、どんどんイっちまえ」

慎みのない身体を指摘されるような彼の言葉に、今更ながらに羞恥で燃え上がるような思いを味わう。ちがう。俺は淫乱なんかじゃない。これは全部淫紋のせいなんだ。

そんなふうに言い訳しようとしても、今現在男に犯されて身も世もなく喘いでいるのは間違いなく結那自身だ。拘束されて、それでよけいに興奮している。媚肉が榊に絡みつき、もっと奥まで来て欲しいと絡みついては締め上げた。

「……っ悪い子だな」

「あ！　あんうぅっ、ひぁ、あ――――…っ」

男根がごりっ、と肉洞をこじ開け、結那のもっと奥まで這入り込んでくる。

「あああ、そこやだ、あぁああっ」

感じすぎて怖いのに、結那の腰はもっともっととねだるように蠢いていた。シートの上で上体を大きく反らすと、勃ち上がった乳首を口に含まれてしゃぶられる。その感覚にも嬌声を上げた。

結局快楽には何一つ抵抗できない。けれどそんな現状を嘆く理性すら、今の結那には残されていなかった。

――榊の、奥に届いて、気持ちいい。

頭の中は卑猥な言葉でいっぱいで、それが口からも零れていっていた。

「うああっ、ごりごりって、してっ、あ、ア――っ、いく、イく、もっとっ……！」

突き上げられ、淫らな波に呑み込まれて、結那は何度も身体を震わせる。やがて大きく腰を震わせた榊に白濁を注がれて、結那は気を失うほどの絶頂に喜悦の声を上げるのだった。


車から降りた時に、足元がふらついた。

「大丈夫か」

「誰のせいだと思ってるんだよ」

「まあ、おおむね俺だが」

鬼戸邸に帰ってきた時は、もう夜が更けていた。いったいどれだけ夢中になって絡み合っていたのか、思い出すだけで顔から火が出そうだった。榊は何度も結那に挑み、結那は結那で数え切れないほどに極めた。決して広いとは言えない車内でそんなことをしていたせいで、身体のあちこちが痛くて怠い。

「ほら、支えてやるから」

「い、いいよ」

一応は結那に負担を強いたことを悪いと思っているのか、彼は駐車場から玄関まで、手を貸そうとしてくれた。さんざん好きにされたというのに、そんなことをされるとつい絆されそうになってしまう。

「――あら。お帰りなさいませ」

その時ふいに女の声で話しかけられて、結那はぎくりとした。

「ああ、ただいま、真知子さん」

玄関の前でこちらを振り返った女は、榊が呼んだ通り真知子という。四十代前半くらいの年齢で、義隆の嫁だ。今の今まで榊とたっぷり愉しんできた身としては、こんな時に他の誰かと出会うと罪悪感めいたものを感じてしまう。ましてや、彼女の夫に、結那は抱かれているのだ。

だが真知子は結那を一瞥しただけで、特に何も言わず榊に問いかける。

「御夕飯は？」

「いや、まだだ」

「そうですか。皆さんもうお済みですので、後でお部屋までお持ちしましょうか。――結那さんも」

「ああ、そうしてくれると助かる。すまないな」

「――すみません、ありがとうございます」

「いいえ。では」

真知子はそれだけを言うと、軽く頭を下げて屋敷の中に戻ってしまう。彼女が慇懃な態度を取るのは、榊がこの家の当主だからだろう。そして結那にまで一応は礼を尽くしてくれるのは、結那が捧げ花だからだ。自分の夫が結那と何をしているのか、知らないはずがないだろうに。

だが榊は何も悪びれることもなく、平然と真知子と言葉を交わした。連綿と続く鬼戸家の歴史。それは彼らにとっては日常なのだ。

「どうした?」

気がつくと、榊がじっとこちらを見ていた。今になってそんな優しい目をされても困る。結那は顔を熱くしながら、なんでもない、と目を逸らした。

「結那」

「あっ」

靴を脱ごうとしたところに腕を取られ、結那は榊の腕の中に倒れ込む。またさっきまでの熱が甦ってきそうで、力の入らない身体でそこから逃れようとした。

「逃げるな」

短く命じられるその強い響きに、結那は動くことができなくなる。ひゅっ、と息を呑む音が、自分の喉から聞こえた。

どれくらいの間だっただろうか。おそらく数十秒ほどのことだっただろうが、結那にはひどく長く感じられた。心臓の鼓動がうるさく響いて、彼に伝わってはいないだろうかと気が気ではなくなる。

「また、俺だけのものにしてやる」

「――――……」

低い声で蠱惑的に囁かれて、膝から力が抜けそうになった。どうして彼はこんなふうに、身も心も自分を乱すのだろう。

「一人で部屋に戻れるか？」

「……あ、当たり前、だろ」

送って欲しい、と言い出しそうになるのをぐっと堪え、結那は強がるように榊に言った。彼はふっ、と笑ってから、ゆっくりと身体を離す。額に一つ、温かい感触が落ちる。榊がそこに口づけたのだ。

「おやすみ」

それだけを言い残して、彼は廊下の奥に消えていく。その後ろ姿を、結那はただ呆然と見送っていた。さっきまでとても口では言えないようなことをしていたくせに、こんな子供にするみたいなキス。

結那はふるふると頭を振り、現実に戻ろうとする。

それから榊が行ったのとは逆方向に廊下を進み、離れへと帰っていった。


次の日、結那が鬼戸家の廊下を歩いていると、縁側で洗濯物を干している誰かがいた。

(真知子さんだ)

昨夜も会った彼女は、淡々とした手つきで物干し竿に洗った衣類を掛けていた。

(そう言えば、この家ではあまり女の人の姿を見ない)

だが、広い屋敷はきちんと管理され、食事も三度作られている。結那がいるところは本来あまり家人が立ち寄らないところなので、よけいに顔を合わせる機会がないのだろう。

そんなことを思っていると、真知子が手を止めてこちらを見ていた。

「あ――――」

だが真知子は何も言わずに、また洗濯物を干す作業に戻ってしまう。

「あの――――、手伝います」

「けっこうです。手を出さないでください。私が榊さんに叱られます」

けんもほろろに断られてしまい、結那は思わず面食らってしまった。

「榊がそんなことで、叱るんですか…？」

「捧げ花の方に奥向きのことはさせられないんです。あなた方は鬼戸家にとって大事な存在ですから。私も嫁いでくる時にそう教えられました」

鬼戸家の男達に嫁いでくる女は、捧げ花のことを理解している。ということは、この家と神代家の間に伝わる呪いのことも知っているのだろう。

「すみません」

「何を謝っておられるのですか？」

真知子はにこりともしないが、こちらと話もしたくない、と思っているわけでもないようなので、もう少し言葉を交わしてみたいと思った。

「俺のことは、嫌いかと思ったので」

結那がそう答えた時、真知子はその時初めて、うっすらとした笑みを口元に浮かべた。

「――――私が夫の義隆の許に嫁ぐことは、昔から決められていたことなのです。この家のことは、すべてそんなふうにして進められます。神代の家の方なら、おわかりですね？」

結那は頷く。

「よその土地のことはよくわかりません。けれど私達は、この町で生まれ、この町で死ぬんです。その中で鬼戸に嫁ぐということは、この町の女にとって最高に名誉なことなのです」

ここが撫木村と呼ばれていた時から、この土地は地形のせいもあり、閉鎖的なところだった。今はずいぶん拓けてきているが、それでも住む人間の精神はそう簡単には変わらない。特に、この旧市街に住む者達は。

「嫁いできてから、ずいぶんといい暮らしもさせていただいています。夫にも別段邪険に扱われているわけでもなし――、結那さんが気に病むことはありませんのよ」

真知子はそう言って冷たく微笑む。まるで当たり前のことのように告げる彼女に、結那は逆に戸惑った。数年のこととは言え、外の世界で暮らしてきた結那には、この町の異質さがよくわかるのだ。この町のこちら側は、時間の流れが淀(よど)んで、止まっている。

ここは、外とは何もかもが違う。常識さえ通用しない土地だ。結那は今更ながらにそんなことを痛感して、背筋が寒くなった。

「この間、真知子と親しくしていたそうだな」

部屋を訪ねてきた義隆に突然言われ、結那は目を丸くした。

「親父が見たと言っていてな」

義隆の父の宗吉が、真知子と結那が一緒にいるところを見たらしい。何か誤解されていると察した結那は、慌てて首を振った。

「ただほんの少し、話していただけです」

「ああいや、別に女房のことはいいんだ」

結那の言葉に、義隆は片手を振る。

「あれとは昔からの許嫁だったがね。少々愛想がないが、気立ては悪くないし、いい女房だよ。だがお前は、この家の血に連なる者以外とは、話してはならん。お前は私達のものなのだから」

「え――」

義隆はどうやら、結那ではなく、自分の妻である真知子に、悋気のような感情を抱いたらしかった。

「お前は鬼戸の男のものだ。よその血を持つ女と触れ合ってはいけない。私達のためだけに、美しく咲け」

戸口に立っていた義隆が、部屋にいる結那のほうに足を踏み出してくる。思わず逃げようとして腰を引いた結那だったが、その瞬間に下腹に熱い感触が走った。

「……っ」

淫紋が疼いて、下半身から力が抜けていく。まるで結那の逃げようとする意志に反応したみたいだった。

「まだわからないか？　お前は鬼戸の男に求められれば逆らえん。そのための淫紋だよ。そら、身体が熱くなってきただろう」

義隆がかがみ込んで、結那の肩をとん、と軽く押すと、たちまち身体が後ろへ倒れていってしまう。自分の身体がまったく言うことを聞かなくなっていることに愕然とした。そんな。こんなことまで。

「お前の身体に教え込んでやろうね。その身体は指一本に至るまで、私達のものなのだと」

(——ああ……)

全身が火照（ほて）り、淫らな行為の予感に痺れていく。義隆が覆い被（かぶ）さってきて服を脱がされ、結那は諦めたように瞳を閉じた。

「…っは、はあ…っ、ああ……うっ」

股間を濡れた感触がぬめぬめと這っていく。その快感に、結那はさっきから喘がせられていた。両の手首と足首をそれぞれひとまとめに縛られ、恥ずかしい場所をあますところなく晒されている。その脚の間で苦しそうにそそり立っているものに、義隆の唇と舌が滑らされていた。感じる場所にねっとりと舌を絡められ、裏筋を丹念に舐め上げられる。その舌の動きはまるで何か違う生き物のようで、結那は何度も腰を浮かしてしまった。

「あ…っあ、あ〜〜…っ」

「どうだ、これは…、ここをしゃぶられるのは、気持ちがいいだろう」

いい。よくてたまらなかった。義隆の舌先がそこで蠢くたびに、後孔がひくひくと収縮する。そして義隆が戯れにそこも舐め上げたりするので、そのたびに結那の腰に痙攣が走った。

「あ、あ、あひ…っ、ぁ」

「榊はお前のことを少し甘やかしているようだからな…。徹底的にここを虐めて、教え込んでやるぞ」

「あ…っ、甘やかされてなんか、んんっ、くぅう——…っ」

先端の蜜口を舌先でぐりぐりと穿(ほじ)られ、結那は悲鳴を上げる。強烈な刺激で腰骨を灼かれるようだった。そうして嬲られた蜜口を、今度は労(いたわ)るように舌の表面で優しく撫でられると、結那は

たまらずに涕泣してしまった。

「くぅう――――…っ、あぁぁ…っ」

「こんなに尻を震わせて。まったく可愛らしい奴だ。どれ、もう少しこうして可愛がってやろう」

「あっだめっ…！　もう、そこ、や、あ、ア、ひぃ――――…っ」

蜜口のあたりを過激に刺激され、撫でるように舌を這わせられる。そんなことを何度か繰り返されて、頭の中がもうぐちゃぐちゃになっていった。もうとっくにイっていてもおかしくない刺激なのに、それが叶わない。義隆の指が、結那のものの根元を強く圧迫していたからだった。

「先っぽの小さな口がパクパクしているぞ。イきたいだろう」

「あっ、んんっ、い、イき…た…っ」

だが結那が哀願しても、義隆はあっさりとは許してくれない。

「もう少し我慢していろ。そら、こっちを代わりにくすぐってやる」

ひっきりなしに収縮する後孔の入り口を、義隆の指先でこちょこちょと刺激された。異様な刺激と快感に、結那は身も世もなく悶え、ひいひいと泣き喚かんばかりになる。

「あっ、あっあっ！　ゆるしっ…、許してぇ…っ！」

「鬼戸の男達のために、どんなことをされてもいいと言え」

義隆は結那に服従を迫ってきた。しかしもう結那の肉体は彼らによってさんざん好きにされている。これは改めての確認なのだ。結那を何度も屈服させるための。

下腹の奥がじくじくと疼いている。ちろちろと裏筋を舐められると、もうどうなってもいいという気持ちに、心からなってしまう。

「な、なにしてもいいです…っ、俺の、結那のからだは、鬼戸の皆さんのものです…っ」

「よし、まあいいだろう」

義隆は満足したのか、結那の根元を縛めて(いまし)いた指を離し、屹立を口の中で強く吸い上げた。

「――――んん、あああ！」

がくん、と下肢が大きく跳ね上がる。次の瞬間、身体が炎で炙られるような絶頂が襲ってきた。

「あ、いく、イく――――…っ！」

口から淫らな言葉を垂れ流すようにして腰を突き上げ、結那は義隆の口の中へと吐精する。達している間もずっと吸われ続けて、身体の芯が引き抜かれそうな快楽に見舞われた。

「……っう、うう…っ」

ぎゅうっと眉を寄せてその快感に耐える。やがて顔を上げた義隆が、結那の後孔に自分の男根を押し当てた。挿れるぞ、と声がして、硬いものが一気に押し這入ってくる。

「んぅあぁぁ」

ろくに身動きのできない体勢で貫かれて、結那の肉体が興奮に包まれた。虐められるほどに感じてしまう。まるでさっき言わされた言葉が、真実になっていくように。

結那は義隆の男根でさんざん突き上げられ、快感に揺さぶられ、我を忘れてしまうほどに乱された。


「……う」

陽の落ちた部屋で横たわっていた結那は、身体が冷えてしまった感覚にぶるりと身を震わせる。どうやら少しの間意識を失っていたらしい。畳の上で下肢を露出したまま、横向きになっていた身体を起こす。さっきまで手足を拘束していた縄は解かれ、畳の上にうち捨てられていた。

結那は小さく舌打ちをすると、隣にある風呂場へのろのろと入る。時が止まったようなこの屋敷に中にも、現代らしい部分があるとすれば水回りだった。特に捧げ花が入れられるこの離れには専用の水場が設置され、いつでも身体が洗えるようになっているのはありがたい。

温水のシャワーを時間をかけて浴びると、やっと頭がすっきりしてきた。先ほどまでの、まるで淫魔でも乗り移ったかのような自分の痴態を思い返して、結那は顔を顰(しか)めた。それでも最初の時のような衝撃はもう薄れている。

（慣れていくものなのかな）

歴代の捧げ花達もそうだったのだろうか。繰り返される行為に慣れ、それが日常になっていく。その結果、最後にはどうなってしまうのだろう。彼らの人生の結末は。

「――……っ」

結那の、温まったはずの身体がわななく。

簞笥から新しい浴衣を出して羽織り、備えつけの冷蔵庫から水を出して飲んだ。すると、そのとなりの奥に小さな本棚があることに気づく。結那の目を引いたのは、ひっそりと挟まっていた小さな手帳だった。気になって手に取ってみると、どうやらそれは日記のようなものだった。

（――まさか）

前の捧げ花のものだろうか。結那は水を置くと、スタンドの灯りをつけてその手帳を開いてみた。やや黄ばんだ紙の上に、几帳面な、綺麗な字が並んでいる。

『一月二十七日　僕もとうとう〈捧げ花〉のお役目を果たすことになった。正直、これからのことを思うととても不安ではある。いったいどんなことをされるのだろうか』

書き出しはそんなふうに、不安な心情がつづられていた。記入された日付を見ると、どうやら十年以上前に書かれたものらしかった。それに気づいて、結那ははっとする。
――あの時の捧げ花だ。
結那が子供の頃、こっそりとこの離れを覗き見た時、ここで犯されていた青年の姿を目にした。このページは、きっとあの青年が『捧げ花』になったばかりの頃に書いたものなのだろう。

『一月二十八日　初めてお役目を果たす。わかってはいたけれど、つらかった。痛くはなくて、むしろその逆であるのがとてもつらい。これから毎日のようにあんなことがあるのだろうか。恥ずかしい。でも、これが僕の使命であるのなら我慢しなくては』

その文章を読んで、結那の胸に切ないほどの共感が走る。同じだ。この捧げ花と、今の結那は同じなのだ。
彼はどんな思いでここにいたのだろうか。そして最後は、どうなったのか。それが知りたくて、結那の手は次々と日記のページをめくっていった。

『二月一日　今日は朝から淫紋が疼く。まるで僕自身があれを望んでいるようだった。当主様達が来るまでの時間を、あんな長く感じたことはない。まるでどこかのスイッチを入れられてしまったようだ。僕はもう僕自身ではいられない。怖い』

そこから淫紋による肉体の変化がつづられていく。またある日は、行為の様子が子細に書かれ、それによって自分がどう反応したかまで記録されていた。

『――最近は、あの人達が来るのが待ち遠しくなっている。少し前まではそう思う自分が怖いと思っていたけれど、今はもうそんな感情も薄れてしまった。ここに来るまで、自分がどうやって暮らしていたのかさえ、もう思い出せなくなっている』

そこからしばらくは、庭で咲く花がどんな色だったとか、飛んできた鳥が可愛らしかったとか、そんな文章が続いていた。犯されることが日常になってしまったのかもしれない。日付がかなり飛んでいることも多くなった。日記の中で月日は流れ、二度年が変わる。

『四月十五日　当主様の息子の榊さんは、僕を抱かない。この家の男達は〈捧げ花〉を抱かなければ血が目覚めてしまうのに、あの人はどうしているのだろう。直系だから、血が濃いはずなのに。

あの人になら抱かれたい。何をされてもいい。けどあの人は、僕の前に滅多に姿すら見せてくれない。どうして』

——榊。

いきなり彼の名前が出てきて、結那ははっとした。

(この人は、榊のことを知っている)

それもそのはずだ。この人がいた時の鬼戸家の当主は、榊の父親だったのだ。このページが書かれたのは十年くらい前。であれば、榊は当然この捧げ花に会っている。

それでも彼は、この人を抱いていなかった。抱かなければ、血が目覚めるというのに。

そこで結那は、ふと思った。

(血が目覚めるって、具体的にはどういうことなんだ?)

結那が教えられたのは、遙か昔に、呪い師であった結那の祖先が、この土地を支配していた鬼戸家の力を呪術でもって鎮めたということだった。

そしてその代償として、下腹に花淫を宿した者は、鬼戸家に肉体を捧げなければならない。花淫はおそらく、神代家の呪術が濃縮されたものなのだろう。それは交合することによって男達の中に入り、荒ぶる血を鎮める。

だが、その荒ぶる血とは、いったい何を指すのか。

(鬼戸家は鬼の血を引くっていうけど……、まさか、今の時代になってまで、そんな)

結那はそんなふうに思い込もうとした。だが、この身体にははっきりと花印——淫紋が刻まれている。そしてそれはこの日記にも書いてあるように、男を求めて熱く疼くのだ。

結那は子供の頃から捧げ花と鬼戸の荒ぶる血についての存在を知っていたけれども、それがいったいどういうことなのか、具体的なことは教えてもらっていない。特に鬼戸の血については、結那の両親も知らなかったのではと思う。

そしてもう一つ、この日記には、結那が気になることが書いてあった。

『今日は、廊下の向こうに榊さんの姿を見た。こちらに来てはくれないのだろうか。せめて僕を見てくれたら。抱かれたい、抱かれたい——』

『昨夜はあの人の夢を見た。彼は夢の中で激しく抱いてくれて、目が覚めたら脚の間が濡れていた。それでも嬉しかった』

『会いたい。会いたいあいたい。せめて姿を見せて欲しい——』

（この人、榊のことを好きだったんだ）

繰り返される行為。けれど、自分を抱かない男がいる。当然気になるだろう。ましてやそれが、榊のような男ぶりのいい男だったなら。

一目見ただけで、恋に堕ちても仕方がない。日記の中に切実に、抱かれたい、会いたいと繰り返し書かれているのを見て、結那の胸の奥が、きゅっ、と締めつけられる。

（俺、どうしてこんな――）

「何してる」

「わっ！」

突然背後から声をかけられ、結那は驚いて声を上げた。振り向き、そこにたった今考えていた男の姿を見て、更に息を呑んだ。

「どうした。もう暗くなるぞ。何を見て――」

榊は結那の手元を覗き込み、首を傾げる。

「日記か？　誰のだ？」

「……ここにあったんだ。前の、捧げ花の――」

「ああ」

結那がそう言うと、彼は急に興味を失ったような顔をして、覗き込んでいた顔を戻した。そんな態度に、何故か無性に腹立たしさを覚える。この日記をつづった捧げ花は、おそらく言葉もろくに交わしたことのない彼に、こんなに想いを寄せていたのに。

「これ。読んでよ、ここから」

「ああ？　なんでだ」

「いいから」

榊の手元に強引に押しつけると、彼は仕方なさそうに目を通す。

「これがどうかしたのか？」

「ちゃんと見た？」

「見たよ。――――捧げ花の日記なんて、鬼戸の男である俺には楽しいものじゃない」

榊は結那の手に日記を返した。

「その人、榊のことが好きって書いてあった」

「そのようだな」

冷たい横顔に、結那は胸がかきむしられるようでたまらなかった。古くからの因習によりこの離れに閉じ込められ、男達に犯される日々の中で咲いてしまった恋心を、この日記に書きつけることしかできなかった者がいる。今、彼と同じ立場になった結那は、単に彼に深く共感しているだけなのかもしれない。けれど、おそらく今はもうこの世にはいない彼は、せめて榊に自分の気持ちを知ってもらいたかったに違いないのだ。

「それだけ？」

「それだけ、とは？」

「なんとも思わないの？　っていうか――、どうしてその人のこと、抱かなかったの？　この時、榊は二十歳越えてたよね――。抱かないと、いけなかったんじゃないの？」

「必要なかったからな、俺には」

「……どういうことだよ」

彼の冷淡な言葉に、結那の眦がつり上がった。榊は困ったような顔をして、大きくため息をつく。

「そんな怖い顔するなよ。仕方ないだろう。俺にはお前がいたんだから」

「――え」

思ってもみなかったことを言われてしまい、結那は肩すかしをくらったような気になった。怒っていたはずなのに、それが音を立てて萎んでいく。

「鬼戸の男は、捧げ花を抱かなくちゃならない。それは事実だ。けれど俺は、お前にちょっかい出していたろう。だから平気だった」

「……あ」

榊の言う通り、確かにその時期、結那は彼に触れられたり、唇を合わせたりするようになった。そしてあの夏祭りの夜に、彼に抱かれた。

「お前は捧げ花になる運命だった。だから俺は、結局のところしきたりを守っていたんだ」

「で――――でも」

『彼』が好きな榊に、自分が抱かれてしまっている。そう思うと急に日記を手にしていることが申し訳なく感じられてしまって、結那はそれを慌てて元の場所に返した。自分自身を、ひどく身勝手だと思いながら。

今の自分に、『彼』を哀れむ資格はない。結局のところ結那が可哀想だと思ったのは自分自身のことだったのだ。自身の感情に、『彼』の想いを重ねてしまった。

だって今、お前がいたからと榊に告げられて、嬉しいと思ってしまっている。

(最低だ)

「お前のそういう素直なところ、可愛いと思うぞ」

「な――――」

自己嫌悪に陥っていたのにいきなりそんなことを言われて、どうしたらいいのかわからなくなる。

「多分お前はそいつを読んで、可哀想だと思ったんだろう。俺はこの捧げ花とはろくに口を利いたことすらなかったからな。なのにお前は俺に口説かれていたから、そのことを申し訳なく感じた。違うか？」

「……」

結那は沈黙を守ることで肯定した。

「こんな状況になって、それでも他人を思いやることのできるお前は優しいよ」

こんな時に、そんな言葉で褒められたくはなかった。

結那は恥じ入ってしまい、頬を赤くして目を伏せる。そう結那とて、この捧げ花と同じなのだ。自分はたまたま幼い頃から榊とつきあい、唇を許し、あの神楽の中で肌を重ねるまでになったが、もともとは結那とて榊に想いを寄せる一人だったのに。

俺はなんて傲慢なのだろう。

自責の念に駆られていた結那は、その時、榊がどんな顔をしていたかなんて、まるで気づかなかった。だからいきなり壁に押しつけられた時は、一瞬何が起こったのかわからなかった。

「……っ、？　さか、き…」

障子越しに差し込んでくる濃い夕日が彼の横顔を照らし、その陰影を際立たせる。榊はどこか、怒ったような顔をしていた。

「……そいつの気持ちを察してやれるくらい優しいなら、俺のこともわかって欲しいもんだな」

「え？」

「結那は、俺が何も感じないとでも思っているのか。お前が、他の男に抱かれても平気だと。俺が当主なんていう立場に甘んじてなきゃならないつらさを」

「――……」

榊の言葉は衝撃となって結那の頭と身体を駆け抜ける。榊は絶句している結那の腕を摑み、その上体を部屋の卓の上に押しつけた。

「あっ！」

浴衣がめくり上げられ、下着をつけていなかった尻が露になる。

「誰か来たのか」

「…っや」

「ここ、熱を持っているな……、柔らかい」

入り口を指先でまさぐられ、ほんの少し中に挿れられた。たったそれだけでツキン、とした快感が走り、下腹の淫紋がどくりと脈打つ。

「んぁ、やっ、義隆さん…が…っ」

「義隆が来て、お前を抱いていったのか？」

「んん〜〜っ」

ずぷ、と指が挿入される。さっきまでさんざん感じさせられていた場所が、榊の指の刺激によってまたうねった。中で指を動かされ、前方の股間のものにまで悦楽が走る。

「濡れているじゃないか……。中に出されたのか？」

「あっ、んっ、んんっ」

答えられずに、結那はただこくこくと頷いた。すると、責めるように指がもう一本入ってくる。

「んあぁあ――……っ」

「ちゃんと、出したか？」

「だ、だし、た……っ」

二本の指先が、届く限りの奥でぐねぐねと細かく動いた。肉洞を捏ねられて、腰から下の力が抜けてしまう。畳についている両膝はがくがくと震えていた。

「感じたのか？　イったんだろう？」

「あ、あっ、うぅう…っ」

耳元でことさら優しく囁かれて、背筋がぞくぞくと波打ってしまう。

「そ、そんな…のっ、仕方ないじゃ、ないか……っ」

快楽にさらわれていきそうな理性をかき集めるようにして、結那は精一杯榊に言い返そうとした。

「こ、こんなこと、されたら、感じるの、榊だってよく知っている、くせに…っ、俺、だって、あ、ん、どうしようも、な…っ、はぁぁ…っ」

「――――そうだな」

「っあ、くひ…っ！」

二本の指で、奥の、感じる場所をこりこりと弄られ、結那は浮かせた腰を震わせた。口の端から零れた唾液が伝って、卓の上に落ちる。

「お前は愛撫されたら少しも我慢できない――――。それが誰であってもだ。それでも俺は、そんなお前にまいってしまっている」

「うう、くっ！」

指を引き抜かれ、結那はその感触に呻いた。そこは犯すものを急に取り上げられ、物欲しげに収縮を繰り返している。

「欲張りな口だ」

「んん――――、ひゃっ！」

そこに突然、熱く濡れた感触を得て、結那は伏せていた頭を上げた。榊が双丘をがっちりと摑んで広げたそこに、ぴちゃりと舌を押し当てている。それはぬめぬめと動いて、ヒクつく後孔を嬲っていた。

「あ、んっ、ん――――……っ、あああ…っ」

恥ずかしい場所を舐められ、結那は喉を反らして喘ぐ。そこを舌で責められるのは弱かった。下肢がぐずぐずと痺れて、熔けていってしまうような感じがする。

「義隆にはどんなふうに舐められたんだ?」

結那は眉根を寄せ、悩むような表情になった。けれど、答えなければ絶対に許してもらえないことを、もういやというほど知っている。

「……義隆さんは…、前、を…っ」

「ここか」

「あん、あぁぁ」

榊の手が股間に回ってきて、屹立を握り込んだ。卑猥な手つきで扱かれて、前と後ろの両方で感じさせられてしまう。

「だ、だめ、一緒は…っ、あ、ああんんっ」

前と後ろを同時にされると、押し寄せる異なる快感に、どうしていいのかわからなくなってしまう。死ぬほど悶えるしかなくなるのだ。

「いぃ、イくっ、いくっ、あっ!」

後ろにぴったりと口をつけられ、ぐずぐずになるほどしゃぶられてしまう。結那は上体を大きく反らして絶頂を訴えた。

「ああ、あああぁあ～～っ」

下半身がはしたなく跳ねる。結那はつるつるした卓の表面に必死で爪を立てて全身を震わせた。前を握る榊の手の中に、どくどくと白蜜を吐き出す。

「……よかったか？」

榊はまだゆるゆると手を動かしながら、結那の背中に唇を落とした。背後でカチャカチャとベルトを外す音が聞こえ、まだ動けない結那の後ろに熱い剛直が押しつけられる。挿れられる予感に、肉洞がわななないた。

「ああ……榊…っ」

結那は自分が拒んでいるのか、それとも望んでいるのかよくわからず、縋るように榊を呼ぶ。すると彼は結那の手に自分のそれを重ねてぎゅっ、と握り、耳に優しく口づけた。

「―――あ」

身体の力が抜けた途端、それが音を立てて這入ってくる。

「ん…っ、ぁんん―――…っ」

全身がいっせいに総毛立つような快感に、頭の中が沸騰しそうだった。腰から背中を舐め上げてくるような官能の波に揺さぶられる。

「……結那……っ」

背後で名前を呼ぶ男の声に煽られながら、結那は身体中を燃え立たせた。内側を浅く深く抉ってくる榊を、蕩けた媚肉が甘く迎え入れては奥へと誘う。

「さ、か…き、ああ、あんん…っ」

部屋の中は濃い夕闇に染められ、結那と榊の姿もその影に呑まれていった。

結那(ゆな)が鬼戸(きど)邸の離れに住むようになってから、三ヶ月ほどが過ぎた。先代の捧げ花のように監禁されるということはなかったが、離れから玄関へ行くには母屋(おもや)を通らねばならず、また庭には生け垣があって建物を回ることもできない。鍵はかけられていなくとも、監視されているのとほとんど変わらなかった。榊(さかき)はそんな結那を気づかってか、ちょくちょく外へと連れ出してくれる。鬼戸の男達も、当主のやることには口を出せないようで、咎(とが)められることはなかった。ただ、榊と出かけた後は、必ずというほど誰かがやってきて、まるでお仕置きのように犯される。それでも、結那は榊に誘われれば断れなかった。捧げ花の役目を果たすための場所から離れて、彼と二人だけでいられる。その甘美(かんび)な時間を手放したくなかった。

「ずいぶんと花印(かいん)が色濃く美しくなってきたものだ」
細く柔らかくしなる棒で、下腹の淫紋(いんもん)を撫でられる。

「……っ、あ、アっ」

　そこに触れられると背中がぞくぞくした。結那は汗に濡れた身体をのけぞらせる。そうすると体内を深く抉っている張り型が媚肉を刺激して、身の内を犯すそれをきゅううっと締めつけた。

「どうだ、特製の責め具の味は」

「は……っ、は、ア、あぁあ…っ」

　結那は畳の上に置かれた、丸太のようなものに跨がらされていた。そこからは四本の脚が出ていて、どこか子供が乗って遊ぶ遊具のような印象も受ける。けれどその遊具には恐ろしく淫靡な仕掛けが施されていた。

　結那が座っている部分には男根を模した張り型が聳え立っていて、それは今、結那の中に根元までくわえ込まれている。両の足首は縄で繋げられるように縛られていて、床に足がつかないので、つま先をついて自重を軽減することもできない。

「あっ…あ、ふ、ふか、いぃ…っ」

　両腕もまた後ろ手に拘束されているので、もちろん手をつくことも叶わない。張り型の先端は、奥の微妙な部分に当たっていた。それは結那が少し身じろぎするたびに我慢するのが難しいほどの快感を生み出している。

　そんな結那を、壁際で榊がじっと見つめていた。熱のこもった、今にも焦げつきそうな視線が身体中を這い回る。まるで愛撫されるようなそれに、結那は熱い息を漏らして悶えた。

(見られ、てる。こんな恥ずかしい格好を)

こんなことをされて、感じている姿をあますところなく見られてしまっている。そう思うだけで、炎のような興奮が結那を包んだ。

「お前は奥が好きだからな。深くて気持ちがいいだろう」

「んあっ！　あ、あぁ…んんっ」

背後から乳首を捕らえられ、くりくりと弄られて、痺れるような甘い刺激が全身に広がる。突起を摘まれ、揉み込まれて、乳首から腰の奥に快感が直結した。股間でそそり立っているものの先端から、愛液がとぷとぷとあふれて滴る。

「あ、あ…いぃっ、きもちいい…っ」

唾液に濡れた唇から、喜悦の声が漏れた。下腹の奥が切ないほどに疼き、収縮する。

「も、もっと…、あ、うごかし…て…っ」

両腕も両脚も封じられていては、どんなに感じても身体を支えて思う様腰を上下させることもできなかった。ただ深くくわえ込んでいたずらに媚肉を刺激されて、結那の肉体はとろ火で炙られるように焦らされる。

「おう、おう、こんなにおっ勃たせて。腹につきそうだ」

「あっ、あ〜〜っ」

しなった棒のようなそれは鞭だった。男が持つそれで屹立を撫で上げられ、結那は内股をぶるぶると震わせて喘ぐ。たまらずに腰を揺すると、肉洞にじゅわあっ、と快感が広がり、あっあっと切羽詰まったような声を上げた。けれどまだ足りない。もっと強烈に媚肉を擦られたいのだ。

「やっあっ、も、もっと…っ、なか…っ」

「どうされたいんだ、ええ?」

花印の出現によって淫らに開花した結那の肉体は、この三ヶ月の凌辱と調教によって更に淫蕩に変化していた。それとともに花印はよりいっそう鮮やかに濃く下腹で咲き誇り、まるで男達の精を吸い取っているようにも見える。

いや、きっとその通りなのだろう。鬼戸の男達の荒ぶる欲望を、この淫紋が喰らっているのだ。行為の時に正気でいる時間が少しずつ短くなり、今はほんの少し刺激されただけで快楽に溺れてしまう。

「も、もっと、ずんずんってして…っ、なか、擦って…っ!」

痴態を晒しての哀願は、男達を満足させたようだった。

「中を擦って欲しいそうだぞ。してやったらどうだ、榊」

「――――ああ、そうだな」

壁から背を離した榊がこちらにやってくる。結那ははっと我に返り、彼を見つめた。榊は結那の後ろに回り、両脚の下に手をかける。男達が足を縛る縄を解いた。

「――いくぞ」

「あ、ま、待って、あ！」

ずずっ、と身体を持ち上げられ、張り型が引き抜かれていった。内壁を擦られる感覚に、結那の思考が白く濁る。

「んん、ああ――…っ、あっ、あっ、あぁぁあっ」

また身体を下ろされ、今度は奥まで貫かれた。強烈すぎる快感が全身を駆け抜けて、股間のものから白蜜が噴き上がる。絶頂に呑み込まれたままで、結那は何度も張り型の上に下ろされた。

「ひっ、ひぃっ、あっ、あっ！」

「気持ちいいか？」

「ああっ、い、いっ、いくっ、いくっ！」

榊の手によって、張り型に犯され、結那は何度も極めた。耳元で彼の息づかいが聞こえる。熱く荒いそれに興奮を煽られ、見られているという羞恥すら快感に変えて身悶えた。

「さすが、榊の手にかかるといっそう燃えるようだな」

「昔から仲がよかったからな。嬉しいんだろう」

男達の囃すような声が聞こえるが、気にもならなかった。ただ、結那の太腿を摑む榊の指にぐっ、と力が込められる。

「——お前もそろそろ、相手をしてもらったらどうだ？　市矢」

男達の注意が、壁際で見ていたもう一人の鬼戸の男に向けられた。結那はうっすらと瞼を開けてそちらを見る。そこにいたのは、市矢。榊の弟だった。

「お——俺はいいよ。そんなことしたくない」

「捧げ花を抱かなければ、血が鎮められんぞ」

「俺はまだ大丈夫だよ」

市矢は眼前で繰り広げられている淫行に、すっかり退いてしまっているような顔をしていた。どうやら彼はこの儀式になじめていないらしい。昔から優しい性格だった。

「——市矢」

この場で一番年長の君宏が、困ったようなため息をつく。

「お前がどんなに否定しても、鬼戸の血からは逃れられんぞ」

「……嘘だ。叔父さん達は、血のせいにして捧げ花を虐めることを楽しんでいるんじゃないか」

市矢は激しく首を振った。

「結那は、兄さんの好きな人だ。俺が彼を抱くことはできない」

「市矢」

その時、榊が市矢の名を呼ぶ。厳しい響きだった。

「それとこれとは別だ。俺は覚悟はできている」

「あっ」

張り型の上に再び下ろされ、乳首をまさぐられて、結那は思わず身悶える。こんな時に、と思うが、一度火がついた身体は止まらない。

「お前は、こいつを抱かなきゃならねえ」

「――」

榊のそんな言葉を、熱に浮かされた頭で聞く。けれど腰を抱く腕は力強かった。

結那の視線が、市矢のそれと合う。すると彼は戦いたようにたたらを踏み、部屋から走り出ていってしまった。

「――まったく、しょうのない奴だ」

君宏はひとりごちると、結那のほうに向き直る。

「気を取り直して続けるか。榊、結那をそこから降ろしてくれ」

君宏に言われて、結那は責め具から降ろされた。畳の上に縛られたまま横たえられた結那に、君宏が覆い被さる。両脚を大きく広げられ、張り型でさんざん凌辱されたそこを、男根で貫かれた。

「はああ、ああ…っ！」

脳まで突き抜けるような快感が走る。ずっとこうされたかった。入り口から奥までをまんべんなく擦られ、かき回されて、小さな絶頂がいくつも身体の中で弾けた。

「イっているな。そんなにいいか」

「あっ、ああ〜〜っ、あ────っ、気持ちいい、いい、ですう…っ」

卑猥(ひわい)な、快楽を訴えるあられもない言葉が口から零(こぼ)れる。脚の間のものを手で扱(しご)かれ、ぷつんと勃った乳首をまた別の男に転がされて弄られた。異なる刺激が体内でぶつかり合い、混ざり合って一つの波になる。おかしくなりそうだった。

「んん、んふう……っ」

そんな結那の口を榊が口で犯してくる。わななく舌を捕らえられ、強く吸われて、結那もまた夢中になって吸い返す。

「…っふ、あ、あ…あ」

舌を突き出し、ぴちゃぴちゃと音を立てて絡ませ合った。薄く瞼を開けると、同じようにこちらを見ている榊の眼差(まなざ)しがそこにある。

彼に抱かれている。

後ろを犯し、抉っているのが他の男でも、結那は榊に抱かれているような気がした。

「はあ……はうう…っ、もっと、奥……、だし、て…っ」

腰をくねらせ、男に射精をねだる。そんな結那を、榊は目を眇めて見下ろしていた。


飛び出していった市矢は、その夜戻らなかった。次の日、母屋の廊下まで出てきた結那は、男達が話しているのを聞いてしまう。

「町の外へは出ていないだろう」

「ああ、駅で見かけたという報告も入ってきていないからな。車で出て行った形跡もないし、あいつの車は残っている」

――市矢さん、まだ戻ってきていないのか。

結那はにわかに心配になった。昨夜の儀式の時は半ば正気ではなかったが、こうして素面に戻ると、彼が飛び出していったのは自分のせいではないのかと思ってしまう。

結那は、鬼戸家の男達は、皆望んで捧げ花を抱いているのだと思っていた。

だが、好きでもない人間を抱きたくない者だっているだろうし、何より彼は榊の弟なのだ。年若い身には、あの常軌を逸したような儀式は受け入れられないとしても不思議ではない。

――俺はもう、受け入れてしまっているのだろうか。

何を今更、と首を振る。結那が今、どのように思っていたとしても、いざ裸に剝かれて犯されれば、快楽に負けて腰を振ってしまうくせに。

「――何している」

ふいに後ろから声をかけられ、結那はびくりと肩を震わせた。振り向くと、すぐ背後に榊が立っている。

「立ち聞きしているのを見つかったら、またお仕置きされるぞ」

「――榊、市矢さんて、まだ見つからないのか？」

結那の言葉に、彼は微かに顔を顰めた。

「ああ」

「ど――どうしよう。探しに行ったほうがいいんじゃ…」

「あいつも一人になって考えたいことがあるんだろう」

榊はそんなふうに答える。彼にもまた、一人で思いを巡らせた夜があったのだろうか。そうであったなら、いったいどんなことを。

「……それに、この町はそう広くない。どうせすぐに見つかる」

「けど、何かあったら……」

「そうだな」

その時、彼の口元がふっ、と皮肉げに歪んだ。

「何かあったとしたら、それはきっとあいつのほうじゃないだろうな」

「……え？」

その意味を聞き返そうとした時だった。ふいに門のほうが騒がしくなり、一人の男が血相を変えて玄関に飛び込んでくる。

「た――大変だ！　鬼戸さん！」

そのただならぬ声に、君宏達が部屋から飛び出してきた。結那は榊とともに、廊下の角から窺うようにしてそれを見守る。何か、ひどくいやな予感がした。

「どうした」

「市矢さんが――、新市街のほうで」

胸がざわざわする。その先を聞きたくなかった。けれど、男は次の言葉を吐き出した。

「新市街で、市矢さんが女を襲ったんだ！」

結那はそれを聞き、目の前が薄く曇った。

（いったいどういうことだ）

市矢は榊に比べて物腰が柔らかく、気持ちの優しい男だった。捧げ花となった結那を抱くことを拒むくらいだ。そんな彼がどうして、女性を襲ったりしたのだろう。

遙か昔から続くという呪い。それが今、結那の前に現実となって現れたのだった。

「お前は部屋に戻っていろ」

「榊が行くの」

「当然だ。俺が当主だし、弟だからな」

自分も連れて行って欲しい、と言いかけた結那は、その言葉を呑み込んだ。きっと、これから先のことは、彼は結那にはあまり見られたくはないだろう。何故かそんなふうに感じたからだった。

榊を見送り、結那はその夜、まんじりともせずに過ごした。朝方になって、誰かが帰ってきた気配がした。

「――――蔵に入れろ」

榊の声だった。蔵に入れる？　誰を？

結那は耳をそばだてて、様子を窺おうとした。けれどそれ以上はなんの音も聞こえず、最後に玄関が閉まる音がして、一切の物音が止んだ。

「結那、身を清めろ」

その夜、榊がやってきて、結那にそう言い渡した。

「風呂に入るんだ。隅々までよく洗えよ」

「……市矢さんは、今朝、戻ってきたんだろ？」

思わず尋(たず)ね返した結那に、彼は「ああ」と頷(うなず)く。

「これから、あいつの血を鎮める儀式をしなきゃならない。……ったく、気が進まねえな」

榊はぐしゃぐしゃと髪をかき回すと、大きく息をつく。

「当主なんて、そんな役回りばかりだ。市矢は今、蔵にいる。お前……何見ても驚くなよ」

言葉を失う結那に対して、榊は苦笑するような表情を浮かべた。

「お前のことは俺が守る。だから、準備をしてくれないか」

おそらく、市矢の身に、何か重大なことが起きたのだろう。そしてそのために、結那が必要なのだ。

「わかった」

今は榊を信じることにした。彼がそう言うのだから、この身を捧げるしかあるまい。結那は鬼戸家の捧げ花なのだから。

「待ってて」

結那はそう言い残して、浴室に向かった。


身を清めた結那は白い浴衣(ゆかた)を着せられ、榊に連れられて外に出る。屋敷の敷地の片隅に、漆喰(しっくい)の壁の蔵があった。小さな明かり取りの窓から光りが漏れていて、中に誰かがいることを知らせていた。重たげな扉を榊が開けて、結那に入るように促す。おずおずと中に入った時、視界に飛び込んできた光景に結那は息を呑んだ。

部屋の中央にある柱を囲むようにして、君宏と宗吉(そうきち)、義隆(よしたか)が立っていた。柱の下には誰かが蹲(うずくま)っている。どうやら彼は、縛りつけられているようだった。

(――――市矢さん!)

結那が驚愕したのは、そこにいる市矢が、普段の市矢とあまりに違っていたからだった。結那が知る普段のは彼は紳士的でもの静かで、声を荒らげているところなど一度も見たことがない。だが、今目の前にいる市矢は、まるで獣のように呻(うめ)き、あたりを威嚇(いかく)して、今にも噛みつかんばかりに眼をぎらつかせている。

「ウ、ウ――――う、離せ、くそっ、離せ……！」

「目を覚ましてからずっとこんな調子だ。これ以上放っておくと、理性を取り戻せなくなるかもしれない」

後ろから榊が結那に説明した。彼の声は低く、淡々としていて、榊が弟の様子に何を感じているのかわからない。

「こいつは昨夜、新市街で若い女性に襲いかかりレイプして、それでも足りなかったらしく暴力をふるった。通りかかった者が通報して、女性は病院に運ばれたが、あと少し遅かったら命はなかったかもしれんな」

「――――……」

通報されたのに市矢が逮捕されていないのは、ひとえにこの町における鬼戸家の力のせいだろう。

結那の背に、ぞくりと戦慄が走った。呆然としている結那に、君宏が急かすように言う。

「何をしている。早く鎮めの交合を」

「わかった」

「あっ、え…っ」

榊は君宏に返事をすると、後ろから結那の浴衣の帯を解いた。前を開いて、浴衣をさらりと肩から落とす。

「あいつとヤるんだ」

「で、でも…」

結那は困惑の眼差しを市矢に向けた。彼は柱にくくりつけられたまま暴れていて、唾を飛ばしながら聞くに堪えない言葉を喚きちらしている。こんな状態の人間と、どうやって性交すればいいのだろう。

「よし、酒を飲ませろ」

君宏の指示で、宗吉が用意してあった酒を茶碗に注いだ。

「さあ、市矢。これを飲むんだ」

「うるせえっ！　離しやがれ！　貴様ら、離せ、ぐっ――――、がっ」

「頼むから、大人しく飲んでくれ！」

宗吉は困ったような声を出して、市矢の鼻を強引に摘む。そして彼の口が開いたところに、茶碗の酒を強引に注ぎ込んだ。

「ん――――ぐっ…、ぐ…っ」

それでも口の中に酒が流れ込むと、市矢は喉を鳴らしながらそれを飲んでいく。喉仏が何度も上下するのが見えた。

「よし、いいだろう」

茶碗が口から離されると、市矢はさっきよりもだいぶ大人しくなっていた。酔いのためか、充血した眼がとろんと濁っている。

「お前も準備するぞ。――そこに手をつけ」

「ああ…っ」

結那は壁に手をつかされ、榊によって両脚を開かされた。彼は指にぬるりとした油をとると、それで結那の後孔をこじ開ける。

「う、う…っ」

中に榊の指が入ってきた。それも二本。結那はもう苦痛など感じなくて、肉環を拡げられる感覚にぞくぞくと腰を震わせる。ぬめった指は容赦なく肉洞をこじ開けて、ヒクつく内壁を擦り上げた。

「ああ…あ」

「いい子だ。ちゃんと呑み込んでいるな。――ご褒美(ほうび)だ」

片手を前に回され、股間を扱き上げられる。両膝が、がくがくとわないて、立っているのがつらくなった。

「は、ア、も、立って、られな……っ、あっ」

「まだだ…。もう少し、我慢していろ。ほら、もっと奥まで拡げてやるから……」

二本の指でぐぐっ、と奥を押され、感じやすい場所を捏ねられる。榊が指を動かすたびに、くちゅくちゅという音が響いてきた。指先でそこを掠められるたびに、足のつま先にまで甘い痺れが走る。

「あっ、ア――――ふ、あっあんんっ」

気持ちよさのあまり、腰が揺れた。中をさんざんかき回され、前を擦られて、あと少しでイきそうになる。すると、ふいに愛撫が止み、中からゆっくりと指が引き抜かれた。

「あっ、あ…ううう…っ」

体内を喪失感が支配する。もう少しでイけたのにと、結那は壁伝いにずるずるとへたり込んだ。

「結那」

榊も腰を落とし、裸の結那を後ろからそっと抱きしめる。

「すまないな」

「――――」

耳元で囁かれて、結那は瞳を開いた。すると宗吉が近づいてきて、結那の腕を摑んで強引に立たせる。

「続きはこっちだ」

市矢の前に引き出された結那は、まだはあはあと息を荒らげる彼を見上げた。その衣服の下の股間が、それと見てわかるほどに勃ち上がっている。

「さあ早く、市矢と交合しろ」

「――……」

疼く身体を抱えながら、結那は市矢に手を伸ばす。衣服を寛げて彼のものを引きずり出すと、それは凶器のように天を仰いでいた。結那は市矢の腰を跨ぎ、燃える棒のようなそれを自分の入り口に押し当てる。榊によって解された場所は、ずぷり、と音を立てて呑み込んでいった。

「くあ、あぁあ…っ」

熱い。まるで灼けた棒をねじ込まれたみたいだった。けれどそれはひどく気持ちよくて、結那は夢中になって腰を動かす。彼の張り出した部分でごりごりと内壁を抉られるのが、気が遠くなるほどに、いい。

「あっ、あっ！　いっ、いい、ああん…っ」

「そうだ、その調子だ結那。もっと奥までくわえ込むんだ」

男達は結那の手足を掴むと、その身体を持ち上げて、市矢の上に落とす。ほとんど串刺しにされ、それでも凶器の先端でごりごりと最奥を抉られると、全身が燃え上がりそうになった。

市矢の熱が結那の身体に移り、奥深くまで染み込んでいくような感じがする。それは不思議な感覚だった。結那は背中をのけぞらせながら、市矢を根元まで呑み込み、強く食いしめる。やがて体内の剛直が大きく脈打ち、肉洞の奥で熱い飛沫が弾けた。

「くうぅ――――……っ」

「ウ、おおお！」

結那の嬌声と、市矢の獣のような呻きが重なる。結那は身体を反らしたままぴくぴくと痙攣を繰り返し、絶頂の余韻にゆっくりと唇を舐めた。


「結那さん……、すみませんでした」

蔵の中で、柱から解かれた市矢が、結那に向かって手をつき、頭を垂れている。君宏達はとうに母屋へ戻っていった。ここにいるのは結那と市矢と、そして榊だけである。

「俺はあなたにも、兄さんにもひどいことをしました。ごめんなさい」

結那は浴衣を羽織り、そんな市矢を見て途方に暮れていた。彼の側にかがみ込み、頭を上げてくれと頼む。

「市矢さんが本当に謝るべきなのは、乱暴した女性にです。俺は、捧げ花の役目を果たしたにすぎない」

結那がそう言うと、市矢ははっとしたように顔を上げた。

「そう…ですよね…。俺は、なんてことを――」

「だからと言って、見舞いに行こうなんて言うなよ、市矢。向こうはおそらく、お前の顔なんか見たくもないだろう。充分な保障はしてやったから、お前は大人しくしていろ」

後悔の念に苛まれる市矢に、榊の言葉はいささか厳しいようにも思えた。だが、それが当主である彼の役目なのだろう。今回のことは、市矢が自分の役目を果たさなかったからこそ起きた悲劇だ。

「これに懲りたら、ちゃんとこいつを抱いておくんだな」

「――兄さんはそれでいいの」

まるで非難するような響きに、しかし榊は表情を変えなかった。

「結那さんのこと、ずっと大事にしてたじゃないか。なのに、捧げ花になったからって、納得できるものなのか」

結那は榊の答えを、固唾を呑んで待っていた。浴衣のあわせを、ぎゅっと握る。

「――馬鹿かお前。そんなものできるわけないだろう」

まるで吐き捨てるような声だった。

「俺は鬼戸の当主だ。ガキの頃から、捧げ花の呪いについてはいやになるほど教えられてきた。そんなこと、お前よりずっと知っている」

榊の声はどこか苦々しく、それでいて諦めと自嘲も孕んでいるように聞こえる。結那はこれまで、自分だけが運命に翻弄されていると思っていた。でももしかしたら、榊のほうがずっと長い時間それに捕らわれていて、向き合ってきたのかもしれない。

市矢は榊のその言葉を聞くと、俯いたまま黙り込み、やがて立ち上がって蔵を出て行った。後には、結那と榊だけが残される。

重苦しい沈黙が漂う中で、榊は結那に言った。

「これでわかったろう。この家の男達が、お前を手放せないわけを」

「……榊も」

「うん？」

「榊も、俺を抱かなかったらああなる？」

「……多分な」

「だから、俺を抱くの？」

「……結那」

結那は榊に背中を向ける。彼の顔を見るのが怖かった。

市矢の変貌ぶりを目の当たりにして、鬼戸の男達にとって、捧げ花がいかに重要な存在であるのかがよくわかった。けれどそれだけに、もしも彼が結那を、特別な感情なしに抱いているのだとしたら。あの甘い言葉も、血を鎮めるため、結那を抱くためのものなのだとしたら。

自分で聞いておいて、答えを聞くのが怖くて、結那は口にしたことを後悔した。らしくない。もうとっくに覚悟はしたはずなのに。

「ごめん、なんでもない。もう部屋に入る」

「結那！」

戸口へ向かう結那の肩を、榊が掴む。思わず振り払おうとしたら、強引に抱きすくめられた。息を呑む結那に向かって、榊が血を吐くように囁く。

「俺は最低な男だ。お前のことが好きなのに、この家の犠牲にしている」

彼の熱と、鼓動が伝わってきた。どくん、どくん、と脈打つそれは、榊の血の音でもある。

「お前が好きなんだ。結那。本当は他の男になんか抱かせたくない」

抱いた腕にますます力が込められ、結那は息苦しさに息をつく。けれどそれは、少しもいやではなかった。

「……俺が東京へ行った時、どうして連れ戻さなかったの……？」

鬼戸家にとって捧げ花が重要なのはよくわかった。しかしそれなら、結那がこの町を出る時に引き留めたり、連れ戻しに来なかったのはどうしてなのだろう。

「先代の捧げ花の精気によって、数年間は保っていたからな」

それによって鬼戸家の男達は、しばらくの間、捧げ花を抱かなくとも済むようになった。しかし、それもいつまでもは続かない。一族の中で、結那を連れ戻すべきだという声も上がったという。

「けど俺は、お前が東京で幸せに暮らしているのなら、そんなことはすべきじゃないと叔父貴達に言った」

この現代で、いつまでも生け贄(にえ)を求めるようなことをしてはならない。榊はそう、叔父達に主張したという。もしも血が騒ぎ出したなら、その時はいさぎよく自分自身の始末をつけるべきだと。その言葉の意味を考え、結那の背筋に冷たいものが走る。彼は、彼らは、そこまで覚悟していたのか。

「どうして帰ってきた」

榊の声が悲しみに沈む。結那が帰ってきたことで、それまで理性の力で抑えつけていた血が騒ぎ出した。自身で始末をつけることもできず、肉欲に従い、結那を辱(はずかし)めた。

「お前はもう、ここに帰ってこないほうがよかったのに。――――けど、なんでかな。お前が帰ってきた時、俺は嬉しいと思った。これも、鬼の血のなせる業かね」

苦々しく笑いながらそんなことを言う榊を目の前にして、結那はいてもたってもいられず、彼に強くしがみついた。激しい感情が怒濤のように襲ってくる。今、目の前にいるこの男が愛しかった。

「俺も榊に会いたかった」

「――――これからも、身体を好きにされるんだぞ」

「いいよそんなの。……その後で、榊が抱いてくれるなら」

頬を撫でられ、水滴を拭われて、結那はその時初めて自分が泣いていることに気づいた。見上げると、彼は困ったような顔をして笑っている。

「馬鹿が。そんなふうに言われたら、もう二度と離してやれねえぞ」

「うん――――、いいよ」

両腕を伸ばして首にしがみつくと、骨が軋みそうなほどに強く抱きしめられた。

「結那――――結那」

「んんん…っ」

唇が重なって、肉厚な舌に強く吸われる。呼吸ごと奪うような激しい口づけに、結那は夢中になって応えた。舌根が痛むほどに絡ませ合い、唾液をすすり上げる。

「……部屋に戻ろう」

「ん…」

頬が熱い。この後何が起こるのかわかっていて、結那はこくりと頷いた。

熱い掌が肌を撫で上げていく。ぴりぴりと過敏になっていた肌は、それだけでわなないてしまい、結那は背中をのけぞらせた。反った喉を追うように榊の唇が這い、唇から濡れた吐息が漏れる。

二人は結那の部屋に戻り、そこで布団を敷くのもそこそこに抱き合った。

「……ああ…」

「……結那」

綺麗だ、可愛いと耳元で囁かれ、恍惚の海に漂う。それは、これまでのセックスとはまったく違った感覚だった。

「お前と二人だけで暮らしたいな。そうしたらこうやって、ずっと結那を悦ばせてやれる」

「あ…っ、も、う…っ」

脚の間を撫でられ、甘い戦慄が走る。頰を紅潮させてくすくすと笑った。榊はそんな結那に口づけると、膝の裏を抱えて大きく開かせる。榊は内腿に何度もキスをしながら、その中心に頭を沈めていった。

「あ、あ！　あぁぁあ…っ」

下肢が蕩けそうな快感が足の先まで犯す。最も感じる部分の一つを口に含まれ、丁寧に舐め上げられて、結那はどうしようもなく喘いだ。

「きもちいい……っ」

ねっとりと絡みつかれ、音を立てて愛液をすすられる。ちろちろと先端をくすぐる舌先がたまらなくて、無意識に腰を浮かせてしまう。恥ずかしい。でももっとして欲しい。

「お前はこれが好きだからな」

「あっ、あっ、すきっ、す…き…っ」

じゅう、と音を立てて吸われ、シーツから浮いた背がアーチを描いた。身体の芯が引き抜かれそうな快感に、涕泣（ていきゅう）する。びくん、びくんと腰が痙攣し、結那は榊の口淫で絶頂に達した。

「んあ、あ、あぁあぁあ……っ」

白蜜が吸われ、榊がそれを飲み下す。捧げ花の体液が彼らの血を鎮めるのだという。けれど今はそんなことはどうでもよかった。更に大きく開かれた最奥に、ひくひくとわななく蕾（つぼみ）がある。

それは先ほど、市矢のものをくわえ込んだせいで、ふっくらと充血していた。

「やらしいな」

「あぁ…っ、い、挿れ、て…っ」

入り口の奥の肉洞は、引き攣れるほどに疼いていた。ここに彼のものを挿れて、奥までかき回されたら、どんなに気持ちいいことだろう。

「一度や二度で済むと思うな」

榊のものは凶悪にそそり立ち、今にも結那に食いつかんとしていた。それを目にするだけで、ぶるぶると震えてしまう。

「あ…っ、あ――――…っ」

ずぶりと音を立てて突き立てられ、一気に挿入された。その衝撃に耐えられずに達してしまうが、彼の動きは止まらない。

「ああ、あうっ、あっあっ!」

そして結那も、榊に止まって欲しいとは思わなかった。イっている最中にも奥まで突かれ、死にそうに感じさせられてしまう。

「くぅう――――っ、ああっ」

榊の律動は容赦なかった。結那が何度極めようが、お構いなしにぶち当ててくる。獣のような呻き声を上げて奥に飛沫をぶちまけ、一息つく間もなくまた抽挿を開始する。

「あううっ」

体位を変えられ、横向きに抱きかかえられ、入り口から奥までを擦り上げられた。延々と続く交合に、頭の中が真っ白になる。身体中が熔けていきそうだった。自分と榊の境目が曖昧になって、どろどろと一つに混ざっていきそうな感覚。

「あ――あ、あう…、あうぅ…っ、い…いい、熔け…っ」

「――ああ。俺も熔けそうだ」

「んん、んん…っ」

大きな手で顎を掴まれ、後ろを向かされて、強引に口づけられる。その間も腰の動きは止まらなかった。体内が快楽で震え、濡れて、突き上げてくる凶器を媚肉でしゃぶるように味わう。

「は…っ、は――あ、ああん…っ、さか…きっ」

結那の下腹の花印が、うねるように息づく。それはまるで生きているように色づき、花開いていた。

季節は変わりつつある。冬の気配が濃くなってきた空気は冷たく澄み、ぴんと張りつめているようだった。

捧げ花として鬼戸家に身を寄せていた結那は、相変わらず男達に抱かれていた。夜ごと淫靡な行為が行われる離れの一室に、濃密な空気が満ちている。

「あ、あ～～っ、いくっイく…っ！」

反った喉からあられもない声を漏らし、結那は全身で絶頂を感じていた。脚の間のものから、白蜜が勢いよく迸る。体内からずるり、と男根を引き抜かれ、力を失った身体がどさりと頽れた。

「ふう…、相変わらずいやらしい身体だ」

「最近はますますはしたなくなってきたな」

男達が自分を評する声を、結那はぼんやりと聞いている。確かにここのところ、結那は儀式の最中にすぐ意識を飛ばしてしまう。理性を失い、本能のままに淫蕩に振る舞ってしまうのだ。しかし、こんなに快楽漬けにされ、もう何度も孕んでしまいそうなほど中に出されては仕方がないというものだろう。儀式の後では、榊が優しく激しく抱いてくれる。それだけで、結那は満足だった。

「……っ」

伏せた身体を、のろのろと起こそうとしたその時。下腹に、異様な感覚が走った。火傷したように熱くなる肌。

「う、うっ…！」

苦痛にも似た感覚に、身体を丸めて呻いた。異変を察した男達が慌てて結那に駆け寄る。いち早く肩に手をかけた榊が、結那の顔を覗(のぞ)き込んだ。

「おい、どうした！」

「いっ…、っ」

痛みはすぐに去った。自分でも何が起こったのかわからず、まだじんじんと脈打つような下腹に目をやる。

「え…？」

「っ…、これは」

結那よりも早く、榊や男達のほうが反応した。

結那の下腹部に刻まれた花印の形と大きさが変化している。

花のように咲いていたものが、まるで蔦(つた)を伸ばすかのように腰や胸のあたりにまで伸びていた。

美しく艶やかではあるがどこか禍々しさを覚えるそれは、結那の肉体を乗っ取ってしまうかのようにも見える。

「……狂い咲きだ」

捧げ花が役目を果たす時に、とあるエラーが生じることがある。それは荒ぶる血の『食い合わせ』であることがほとんどだ。個々の気はそれぞれ異なり、捧げ花はその精を自らの体内で吸い上げ、処理していくが、その時に掛け違いが起こることがある。そうなると呪いの証である花印が暴走し、呑み込まれた捧げ花はやがて淫夢の中で衰弱して死ぬ。

「ここまで変化すると、あとはもう時間の問題だろう」

「────馬鹿な」

榊は呆然として結那を見下ろした。

「くそっ！　なんでこんな────！」

「…もしかしたら、市矢のことが原因かもしれない」

君宏がちらりと市矢に視線を向ける。血が荒ぶった状態の鬼戸の男と交合すると、その『エラー』が起こる確率が高くなるという。市矢は蒼白な顔をして、目の前の事態を見守っていた。

「なんでそれを隠していた!!」

「仕方ないだろう！　お前に言えば、結那と交合させることをためらったろうからな。あの状態の市矢をそのままにしておけば、町ではもっと被害が発生する。それは当主のお前とて本意ではないだろう！」

榊はまだ何かを言い募ろうとしていたが、その時、結那の身体がぐらりと傾いだ。

「――結那！」

頭の芯が重く痺れて、鈍い眠気がやってくる。身体が地の底に引きずり込まれていくようだった。怖い。本能的な恐怖に駆られて、咄嗟に榊の腕を掴む。瞼が、まるで石にでもなったかのように重くなった。

どうしてこんなことに。捧げ花の運命を受け入れて生きていくと決めたのだって、簡単なことではなかった。なのに、それすらも無駄だというのか。

「……さかき」

このまま眠ってしまって、死んでしまうのだろうか。死ぬことよりも、二度と彼に会えなくなることのほうが怖かった。あれからまだ、幾らも経っていない。もっと榊と、気持ちも身体も通じ合わせたい。それとも、そんなことすら贅沢だと、呪いは言っているのだろうか。

「……榊、ごめん」

もう意識を保っていられそうになかった。周りの音が、どんどん遠くなっていく。

「結那！　待っていろ！　――必ず助けてやるからな！」

意識が途切れる直前に、彼のそんな言葉が聞こえた。

まるで泥の中に沈むように、感覚が下へ下へと落ちていく。目を閉じているのに、周りの様子が朧げに見えた。

結那は深い深い、海の中を堕ちていく。それは現実の海とは違うが、今や夢の世界の住人となってしまった結那にとっては、ここここそが現実だった。

「――――えっ？」

結那は、自分が何かに取り囲まれていることに気づいた。まるで海藻のようにゆらゆらと揺れるそれは、落ちていく結那を捕まえ、まるで自分達の獲物だというように高く掲げる。手足が触手のようなものに絡みつかれ、身動きを封じられた。

――――やがて淫夢に呑み込まれる。

意識を失う前の男達の言葉を思い出し、結那はぞくりと身を震わせる。いつの間にか裸になっていて、周りの触手が結那の肌を這い始めた。

「やあ――――ああっ！」

ぬるぬるとした感触のそれが、身体中を犯していく。途端に覚えのある、ぞくぞくとした感覚が全身に広がっていった。

「んん、くう…あ、ああ…っ」

鬼戸の男達に愛撫されている時のような、耐えがたい快感。触手の一つが乳首に絡みつき、強く弱く何度も引っかいてくる。

「あああぁっ」

のけぞった背中や喉にもそれは絡みついてきた。敏感な背中を舐め上げられ、喉元もくすぐられる。そして夢の中の快感は、現実世界で得るものより何倍も大きかった。たった一撫でされただけで、そこからじんじんとした愉悦が広がっていく。大きく広げられた両脚の間のものから、愛液がどっとあふれ出てきていた。

「ああ、あんっ、あっあっ！」

触手は今や結那の全身に絡みついて、弱い場所を執拗に愛撫している。脚の付け根を擦られながら自身を扱かれ、裏筋を吸盤のようなものでちゅうちゅうと吸われた。先端をくりくりと弄ばれると、頭の芯が痺れそうに感じた。

「んんぁあ…ひぃい…っ」

気持ちいい。もっと。

結那が脚を更に開くと、応えるように触手がそこに集まってくる。後孔や会陰まで舐められて、結那は失神寸前まで追い込まれた。だが、そもそもが夢の中なので、気を失うことすらできない。

「あぁぁ――――……っ、い、いぃ…っ」

快感のあまり、結那ははしたなく腰を振り立てる。

(いやらしいな)

記憶の中の榊の声が聞こえた。彼はいつもこんなふうに、意地悪に優しく結那の身体を愛撫する。

「あん、ア、榊、も、もっと、舐めて…っ」

(こうか？)

前後を舐める舌が、よりねっとりと濃厚に結那を追いつめた。下半身が、がくがくと震え出す。イくのが止まらない。

「ふあ、あぁぁあっ」

結那は幻の榊に抱かれる夢を見て、忘我の境をさまよった。少しずつ、少しずつ、現世のことを忘れていく。脚に絡みついた触手が、蛇のように鎌首をもたげて奥の窄まりを狙っていた。ぬちゅ、と音を立てて、触手の先端が変形する。それは凶悪な男根の先端のようだった。大きく張り出した部分は、きっと結那の中を過激に抉ってくれるだろう。

「うぁ…あぁ」

それはいっさいの手加減なしで結那の中に入ってきた。犯し、辱めることだけを目的とした動きで、肉洞を容赦なくかき回していく。

「んん、くあぁあ～～っ！」

一突きされるごとに、結那は達していた。許容量を超える快楽が全身を駆け巡る。それなのに、また別の触手が肉環をこじ開けようとする。

「あああっ、だめっ…！　だめ、ア、ああぁ――――～っ！」

体内をいっぱいにされる充足感にすすり泣く。結那の意識は榊に犯され、むしろ多幸感に包まれていた。

「ああ…っ、す、すごい…っ」

何度イっても、陵辱は終わらない。現（うつつ）ではない肉体は、あらゆる行為を快楽として受け取り、意識は次第に夢の階層を深くしていった。


「――――ふっ、くう、んあぁあ…っ」

もはや時間の概念すらなかった。果てしなく続く快楽の海に漂い、結那の思考は時折ぶつぶつと切れる。

――――俺は、何者なんだろう。

自分という概念すらあやしくなっていく。これは、夢か、幻か。

――――いや、そんなことはどうでもいい。終わらない愉悦が、結那という存在の輪郭(りんかく)を崩していく。

(しっかりしろ。戻れなくなるぞ)

誰かが頭の隅で囁くのを、うるさいと思った。

もういい。だってこんなに気持ちがいい。ずっとここで、こうしていたい。

「――――結那」

誰かが名前を呼ぶ。結那。それは俺の名前だろうか。

「結那!!」

「――――ひぁあっ!」

体内から、結那を犯すものがずるりと引き抜かれる。その感覚に悲鳴を上げ、思わず目を開けた。

「――――あ」

ぐい、と誰かに腕を摑まれる。覚えのある、力強い腕。これは誰の腕だったろう。ずっと昔から知っているような。

悦楽の海に沈んでいた意識の核が勢いよく引き上げられる感覚がした。誰かにずっと腕を引っ張られている。

──思い出した。覚えている。自分のことも、彼のことも。

「結那!!」

「────っ!」

鋭く息を吞んだ瞬間、冷たい空気が急に気管の中に入ってきて、結那は激しくむせる。身体を捩(よじ)って何度も咳き込むと、背中を大きな掌で擦られる感覚がした。

「大丈夫か」

「っ、さか、き…っ?」

状況が理解できない。気がつくと、結那は与えられた離れの部屋で、布団の上に横たわっていた。その上に榊が覆い被さり、結那を覗き込んでいる。

「俺、は……?」

「今までずっと眠っていたんだ。夢を、見ていたろう?」

「夢……?」

そうだ、確かに自分は今まで夢を見ていた。終わらない淫夢。思い出してしまうと、快楽の残滓に身体がぶるっ、とわななく。あの海で、結那は自我が溶解しかけていた。あのままだったら、どうなっていたか。

「俺、どれくらい寝ていた？」

「三日だ」

「そんなに……」

あのまま目が覚めなかったら、どうなっていただろう。それを思うと、恐ろしささえ感じる。

「榊が、俺を起こしてくれた？」

「ああ。市矢が閉じ込められていた蔵に、役立ちそうなものがあったのを思い出してな」

あの蔵の中には、鬼戸家に関する書物が多数保管されていたという。

「失われた知識ってやつだ。鬼戸家の直系は、他人の意識に干渉できる方法を持っていたらしい。それを使って、どうにかお前を起こせないかと思った。こんなに時間がかかっちまったが」

榊が枕元に視線を移した。そこには古びた和綴じの本が、何冊か散らばっている。

「…そんな力が？」

「ガキの頃、学校に仲の悪い奴がいたんだ。俺も奴もそうとうにやんちゃだったが、顔を合わせればとっくみ合いのケンカをするような状態だった。ある時そいつが、ケンカに負けた腹いせに、俺の教科書をビリビリに破ってしまったことがあって、俺は本気でブチ切れたんだ」

榊はその時、鬼戸家に伝わる、他人の意識に干渉する術を使ってしまったらしい。けれど本気で何かが起こるとは榊自身も思ってもみなかった。

「絶対に人に使っては駄目だと言われていたが……、そう言われるとやってみたくなるのが子供ってもんだろう?」

結果は後味の悪いものになった。その子供は二階の窓から落ち、足を骨折して入院した。

「そいつは二ヶ月も経ってから退院してきたが、何かを察したのか、二度と俺にちょっかい出してこなくなったよ。それどころか、俺に近寄りもしなくなった」

その記憶は榊に消えない染みをつけることとなった。それ以来彼は、その術のことは封印してきたという。

「人の意識に干渉できるのなら、もしかしてお前の夢にも効き目があるんじゃないかと思ったんだ」

「……榊…」

彼は子供の頃のトラウマに抗(あらが)ってさえ、結那を助けようとしてくれた。胸の奥が熱いもので満たされる。

「花印も元に戻ったな。よかった」

「……あ」

言われて、結那は浴衣の前がはだけられていることに気づいた。見下ろすと、太腿や胸のあたりまで侵食していた淫紋が、元の大きさに戻っている。あの禍々しかった様を思い返し、結那はひとまず安堵する。それでも、すべては消えないのだ。

（いい。覚悟したことだから）

「結那」

呼ばれて顔を上げると、榊が抱きしめてきた。いつからだろう。この大きな胸の中にいると、安心するようになったのは。

「俺はたとえ夢の中でも、お前を離さないよ」

「――――」

たとえ呪われた運命に翻弄されたのだとしても。

こんなふうに求めてくれる彼となら、ともに堕ちたいと思った。

「俺も」

結那は榊の首に自分の腕を絡ませる。

「俺も離れたくない。榊といたい」

衝動のままに告げると、熱い唇が重なってきた。舌を吸われると、全身の細胞が歓喜の悲鳴を上げる。彼は特別な男だ。たとえどんな男に何度イかされようと、結那の気持ちは変わらない。

「――この町を出よう。俺と一緒に」

だが、彼のその言葉を聞いて、結那は瞠目(どうもく)した。

「え――、で、でも……」

彼は鬼戸家の当主だ。その彼がここからいなくなったら、この町は――、いや、この家はどうなってしまうのだろうか。

「いやか?」

「ううん、俺は――、俺は、榊と一緒ならどこだっていい。どこだって行く。けど、そしたら呪いは……」

結那を抱かなかったことで凶暴化した市矢。結那がいなければ、鬼戸家全員がそうなってしまうのではないだろうか。

「市矢のことか。あいつもまた直系だからな――。叔父貴達に比べたら、血の影響は強いかもしれん。けどこの間お前を抱いて、ある程度耐性がついたはずだ」

それに、と彼は続けた。

「一度は捧げ花なしでやっていこうとしたんだ。あいつらが溺れているのはお前の身体にだ。このままではお前もこれまでの捧げ花のように殺されてしまう。それくらいなら、鬼戸の血など滅んでしまったほうがいい」

「榊……」

「呪いは、もう俺達で終わらせるんだ」

彼もまた、長い間自分達の運命を嘆き、耐えて、時には諦めてきたのだろう。けれど今の榊には、何かを決めた覚悟のようなものがあった。

「どんな結末になったとしても、俺はお前とならいい」

彼がそこまで言ってくれるのならば、信じようと思う。どのみち自分達は一蓮托生（いちれんたくしょう）だ。

「…わかった。榊と行く」

結那は彼の目を見つめ、きっぱりと言った。

「連れて行ってくれ」

ここではない、どこかへ。

「お前のこと、幸せにしたい」

彼がそんなことを言うなんて、なんだか似合わなくておかしいから笑ってしまう。けれど頬を撫でられた結那は、まるで猫のようにうっとりと目を細めた。

駅は人の目がある。車で町を出よう、ということになって、その日が決められた。

榊はしばしば結那を家から連れ出すから、決行は容易だろうと思われた。

一度は捧げ花としての運命を受け入れるつもりだった結那だったが、榊に強く求められては断れなかった。こんな展開になるとは思ってもみなかったが、結那は自分の運命を諦めないでいいのだ。そう榊に教えられた。なんだか目の前が晴れたような気がした。

約束の日、結那は部屋で榊を待つ。今日の仕事が終わってから、彼は結那を食事に連れ出し、その後で町を出るという計画だった。

『七時までには戻るよ』

そう言われた結那は、こっそり荷物をまとめた。もともと私物はたいして多くない。柱時計を見ると、夜の七時半を指していた。

少し遅れているのだろう。彼は鬼戸家が経営する多くの会社の社長を務めているから、自分がいなくなっても困らないように処理しているのだ。そう思って、八時まで待った。時計の針は更に進み、八時半を指す。

――少し、遅くはないだろうか。

結那の胸に小さな不安が芽生え始めた。

もしかしたら、気が変わったのかもしれない。彼はやはり鬼戸家の当主として生きていこうと思い直して、そして結那は捧げ花のままでいるべきだと思ったのかもしれない。

一度希望を持ってしまった後に、そんなふうに裏切られるのはつらいな、と思った。そんなことをされるくらいなら、あんなふうに優しくして欲しくはない。

(まだ、そうと決まったわけじゃない)

榊を信じよう、と結那は思った。

「榊なら来んぞ」

ふいに声をかけられた結那は、驚いて振り返る。戸口に、君宏が立っていた。

「……何を……」

「出て行こうとしたんだろう。ここから。馬鹿なことを考えるものだ」

心臓がきゅっ、と縮まるような感覚がした。

話が漏れている——いったいどこから。

「結那は一人で、電車で町を出て行ったと榊には伝えた。今頃隣の県の駅まで追いかけていっているだろうさ。だからここには戻ってこない」

「ど——、どうしてそんなことを」

絶望がゆっくりと結那を包む。失敗した。うまくいかなかったのだ。二人でここから出ることは叶わない。榊と一緒に未来をつくることはできないのだ。

「すみません――――、俺です」

部屋に入ってくる人の姿を目にして、結那は息を呑んだ。市矢だった。

「俺が兄さんにそう伝えました。信じてくれたみたいで、すぐに車に乗っていきましたよ」

市矢は昏い目をしていた。

「兄さんと結那さんが話しているのを聞いたんだ。ほんとは二人の望む通りにさせてあげたかったけど、俺、怖かったんだ。自分があんなふうになって、もし本当に人でなくなったらって。だから結那さんを解放してあげるわけにはいかないんだ。ずっとここにいて、捧げ花として皆に抱かれてもらわないと」

「――――市矢さん」

市矢はあの時、榊に対して、本当にそれでいいのかと聞いた。一族の中では市矢だけが、結那と榊のことを理解してくれていたと思う。それなのに彼が、こんなふうに裏切るような真似をするなんて信じられなかった。

「怖かったんだよ。ごめん、ごめん……」

今にも泣き出さんばかりに謝る市矢を、結那は責めることができなかった。彼は実際に理性をなくし、人を傷つけてしまった。もともと気持ちの優しい市矢にとって、それは耐えがたい恐怖だったろう。

結那は言葉もなく、睫を伏せた。

「榊が戻ってくるまで、どれくらいかかるかな」

「どの電車に乗ったかわからないから、しばらくかかるだろう。結那は携帯を持っていないから、連絡をつけることもできないしな」

結那は鬼戸家に入る時に、携帯電話を没収され、外部との連絡を遮断されてしまったのだ。

「朝までかかるかもしれんな。それだけあれば充分だろう」

いつの間にか来ていた男達がじり、と輪を狭めてくる。結那は危機感を覚え、後ろに下がった。

「可哀想だと思って、これだけは使いたくなかったんだが、仕方がない」

君宏は二十センチ四方の、古びた木箱を持っていた。床に置いて蓋を外されると、中から藍色の香炉が出てくる。そしてもう一つ小さな木箱が取り出された。その中には、香木と思われるものが入っていた。

「これは俺達にはただの香だが、捧げ花がこの香りを吸い込むと、意志のない、ただの抱き人形となる。何も感じなくなるから、快楽もわからなくなるがな」

「反応がないと儂らもつまらんが、こうなっては仕方がない。『狂い咲き』から戻ってきたというのに、お前も運の悪い奴だ」

「――――!」

それを聞き、結那は咄嗟に逃げようとした。身を翻して、庭に出ようとする。だがその寸前で、腕を摑まれて、畳に引き倒されてしまった。

「何もわからなくなる前に、最後にいい思いをさせてやろう」

結那は唇を引き結び、男達を睨みつける。

――――榊。

せめて、彼が戻ってくるまでは意識を保ちたい。それまでもってくれと、結那は自分自身に祈りを込めた。


体内の奥を肉棒が穿ってくる。その感覚は結那の意志とは関係なく快楽を生み、淫紋を疼かせていた。

「ああ……や…っ、んぁあう…っ」

結那は背後から君宏に抱きかかえられ、両の膝裏を持ち上げられている。恥ずかしいところをすべて晒した格好のまま、男根を呑み込まされていた。内奥にあるいくつもの弱い場所を擦られるたびに、意識が白く濁る。

「く、はあ…ああっ」

濡れた唇を噛んでも、すぐに喘ぎで解けてしまった。結那はもう、ほんの少しの愛撫にも耐えられはしないのだ。

「しかし、もったいないな。これだけ感度がいいのに、もうこの喘ぎが聞けなくなるとは」

「まったくだ。しかし、やむを得ん。最悪、儂らはこの身体さえあればいい」

彼らのそんな会話は、結那という一個の人格など、まるでどうでもいいと言っているように聞こえた。いや、実際にそうなのだろう。彼らには捧げ花と交合することが血を鎮めるために必要なのだ。それ以外の要素は、副次的なものにすぎない。それでも、結那が東京へ行っている間は、どうにか捧げ花なしでもやってきていたのだ。おそらく、実際に市矢が暴走する様を目にしてしまったことで、怖じ気づいてしまったのだろう。

「あ、はっ、ううっ！」

奥の、特に感じる場所をごり、と抉られ、腰の奥からぶわっ、と快感が広がってくる。結那はたまらずに背を反らした。

「うん、ここか？　好きなだけ穿ってやるぞ」

「あぁ〜っ、あ――――…っ」

君宏の膝の上で揺らされ、結那の肉体が熔けそうになる。繋ぎ目からは卑猥な音が漏れ、あふれ出す愛液が君宏のものを濡らしていく。ヒクつく媚肉の収縮はやがて痙攣となり、結那は全身をわななかせて達してしまった。

「あああ、あうううっ」

「うおっ……！」

きつく締めつける肉洞に、君宏が道連れにされる。吐き出された白濁が、肉洞を濡らしていった。

「どうだ、満足したか」

宗吉に顎を摑まれ、ぐい、と顔を上げさせられる。結那はもう、何度もイかされていた。部屋の中には薄く香の匂いが立ち込め始めていて、さっきから頭の芯がくらくらするのを感じている。

「……まだ、もっとして……」

おそらく、結那が行為をねだるうちは、まだ本格的に香は焚かれない。

――時間を稼がなければ。

「これで、最後なのに……、もっと、いやらしいこと、して…っ」

榊が戻ってくるまで。なんとしても、結那は結那でいなくてはならない。たとえその後どんなことになろうとも、せめてもう一度彼に会うまでは。

そんな必死の決意を胸に、結那は男達に媚態を晒した。

「ああ、いいだろう」

男達は簡単にその策に引っかかり、義隆が新たな淫具を持ってくる。それは結那が今まで目にしたことのないものだった。

細長い樹脂の棒で、その形は微妙に波打っている。

「これを、どこに挿れると思う？」

「……」

見当がつかず、結那が困惑していると、義隆はその棒で結那のものの先端をつついた。

「ここだよ」

「っ！」

まさかそんな孔(あな)まで責められるとは思わず、咄嗟に腰が退けてしまう。だがそれを後ろから、市矢が押さえた。

「駄目だよ結那さん――、逃がさないよ」

「あ…っ」

耳を噛まれ、背中が震える。市矢はもう、結那を嬲(なぶ)ることになんのためらいもなくなってしまったように見えた。義隆は、結那のものを軽く握ると、淫具の先を蜜口にほんの少し潜(もぐ)り込ませるように押し込む。

「う、あ――」

ズン、と重い快感が腰の奥に響いた。そこはもともと鋭敏な場所ではあるが、舌のような柔らかいものではなく、はっきりとした固さを持ったもので刺激されると、耐えがたい快感を生み出すのだと知った。

「そら、そら――、どんどん挿入っていくぞ」

「ああっ！　あっ！　あぁ――…っ」

淫具の先が、少しずつ、少しずつ精路の中に沈められていく。小刻みに動かされながらの挿入に、くちゅくちゅという卑猥な音を立てて、愛液が泡立って滴っていく。その凄艶な光景に、男達は固唾を呑んだ。

「ああ、結那さん――」

「ひあっ、うああっ！」

市矢が背後から挿入してきた。前と後ろを同時に責められることになり、結那は声も出せずにのけぞる。頭の中でばちばちと白い火花が散って、一瞬何も考えられなくなった。

「ああ、やあぁっ…！　ひ、あ、だ、だめええっ、そこっ…！」

「気持ちがいいだろう？　ほら、もっと奥までいくからな――」

ずぶ、と淫具が更に奥まで挿入された。精路の壁が擦られ、神経が灼けつきそうになる。

「ひっ…、う、あ、あっ！」

腰が動き、脚が開いていく。甘く濡れた喘ぎが勝手に口をついて出て、結那はわざと彼らを煽っているのか、それとも本当に溺れているのかよくわからなくなった。この淫具はどこまで入っていくのだろう。こんな場所は、絶対に何かを入れる場所じゃないというのに、それが奥へと進んでいくごとにたまらない刺激が腰の奥に渦巻く。

そうして、淫具の先端がとある場所まで到達した時、これまでとは桁違いの快感が結那を襲った。

「……んん、ふあああっ！」

足の先からじんじんと痺れていく。入っているだけで、身体が勝手に震え出した。

「ここが気持ちよくて仕方ないだろう。病みつきになるぞ。…もっともお前はこれ一度きりしか味わえないがな」

蜜口から出ている淫具の先端を、義隆がトントンと軽く叩く。たったそれだけなのに、飛び上がってしまうような愉悦に全身を包まれた。

「ああ、あう、あうう…っ！」

後ろは市矢に深く突き上げられている。結那はびくびくと身体を震わせ、何度も達した。だが、精路を塞がれているせいで、吐精ができない。溶岩のような快楽の塊が体内に渦巻き、甘い苦悶にすすり泣いた。

「ああ、んんんう…っ、き、気持ち、いぃ…っ」

唾液に濡れる唇を舌先で舐める。市矢の律動に合わせ、結那の腰も淫らに動いていた。

（ああ、もう、もうもたない――――、榊、早く――――）

この快楽の地獄に、いつまで耐えればいいのだろう。終わりの見えないつらさに、結那は幾度もくじけそうになった。

「そら、そら、出したいだろう」

「は、あ…あ、出し、た…っ」

出したい。思いっきり射精をしたい。激しく腰を振って白蜜を噴き上げたら、どんなにか気持ちいいだろうか。

「い…いや、あ、まだ、もっとぉ…っ」

だが、きっとそれが終わりだ。まだ出すわけにはいかない。結那は奥歯を嚙みしめながら、奥をじゅくじゅくと虐められる快感に耐えた。

「あっ、あんっ、んっ」

「まだがんばるのか…？　いいだろう。徹底的に可愛がってやる」

義隆は淫具を小刻みに動かしたり、中でぐるりと回転させたりを繰り返した。結那はそのたびにがくがくと腰を揺らし、終わりのない絶頂に悶え泣く。

「あっ、くうぁあっ、あぁ――――～～っ」

正気がすり切れる。これ以上達したら、香の力などなくとも、おかしくなってしまいそうだった。すると、淫具が精路からゆっくりと引き抜かれていく。それにともない、忘れかけていた射精感がじわりと込み上げてきた。

「うああ、あ！」

駄目だ。これを抜かれたら、きっと出してしまう。その時が来てしまう。

「やだあ…ああ、抜か、な…っ」

結那は必死に抗った。だが、少しずつ淫具が引き抜かれるごとに、射精したいという欲求のほうが大きくなっていった。腰が浮く。

「もうすぐ出せるぞ。嬉しいだろう」

「あっ、あっあっ、あ――――！」

ぞくぞくぞくっ、と背筋に恍惚(こうこつ)の波が走った。それと同時に込み上げる、絶対に抗えない熱い波。全身の肌が粟立(あわだ)った。

「うあ、ああ、ひ、あぁぁ――――～～っ」

ちゅぽん、と音がするように、淫具が蜜口から引き抜かれる。その瞬間、白蜜とも潮ともつかないものが、結那の先端から噴き上がった。凄まじい快楽の波動が全身を貫く。

「うあぁあっ、あ〜〜っ！」

結那は何度も腰をせり上げると、そこからいやらしい蜜を弾けさせた。射精するたびに、腰が抜けそうな快楽が駆け抜けていく。後ろでは結那の強烈な締めつけに市矢もまたたまらずに射精し、肉洞が精で満たされる。その刺激にも激しく感じた。

「は…っ、あっ、あああああ…っ」

やがて、結那の身体からゆっくりと絶頂の波が引いていく。全身がじんじんと脈打ち、指一本動かすのも億劫だった。

駄目だ。もう動けない。できない。

「ずいぶん楽しんだようだな。では、そろそろいいだろう」

横たえられた結那に、香炉が近づけられる。その香りを近くで嗅いだ途端、力が一気に奪われるような感覚がした。続いて、脳がじわりと凍りついていくような危機感。それは本能的な恐怖だった。

「あ、あ」

手足が重くなっていく。もう、声すらろくに出せなかった。

（――榊……！）

結那が心の中で最後の気力を振り絞って榊の名を呼んだのと、部屋の戸が破られるような勢いで開いたのは、ほとんど同時だった。

「――結那!!」

「榊！」

もう出ないと思っていた声が出た。そこには榊がいた。待ち続けた彼がやっと来てくれたことに、結那の目尻に涙が滲（にじ）む。

「さ、榊、どうして今……！」

君宏達が驚愕しているのも目に入らない様子で、榊は結那に駆け寄った。そして香炉をわし掴みにすると、障子（しょうじ）を開けてそれを庭に放り投げる。外気が入ってきたことにより、香が薄くなった。すると、結那の手足が次第に軽くなっていった。

「お前、なんてことを！　あれがなければ、捧げ花が逃げた時に拘束することができなくなるんだぞ！」

「逃げたいのなら、逃がしてやればいい」

「気は確かか、榊。お前はこの鬼戸家の当主なんだぞ」

「そうだ。自分が何をしているのか、わかっているのか」

周りの男達が次々と榊を責め立て、取り囲もうとしている。結那はまだ痺れて動けない身体を苦労して起こしつつ、事の推移を見守っていた。

「あんた達は、この先もこうやって、ずっと呪いに支配されて生きていくつもりなのか」

半ば激昂している男達と違い、榊の声は冷静だった。だが、その響きは深く低く、むしろ支配的にも聞こえる。

「な、何を言う…」

「そうだ。これは仕方のないことだ」

「鬼戸の血を守るためなんだぞ」

「――鬼戸の血？」

榊が繰り返すと、それを言った義隆がびくっ、と肩をすくませた。

「捧げ花という犠牲を出さなければならないような血など、途絶えたほうがいい」

「――兄さんは、結那さんのためにそんなことを言っているんだ」

異を唱えたのは、市矢だった。彼はこういう時にはいつも何も言えずに状況に流されていたのに、今は榊を糾弾するようにそこに立ちはだかっている。あの一件から、彼も何かが変わった。

「鬼戸の血は絶やしちゃならない。この土地には、俺達が必要なんだ」

「…なんだと？」

「兄さんが当主を降りるっていうのなら、俺がやる。けど、結那さんは渡さない。俺のものにする」

市矢がそう言った時、榊の眉がつり上がった。空気がビリッ、と震えたような気がする。

「そうか、市矢、よく言った」

「お前が新しい当主だよ。結那もお前のものにする」

旗色が悪くなった君宏達は、どうやら市矢を担ぎ上げることにしたらしかった。

「どうあっても、考えを変えるつもりはないんだな」

「当たり前だ！　古くから続いてきたこの家を、今になって絶やしてたまるか！」

「――――そうか」

そこで榊は、大きく息をついて、何かを決めたような顔で彼らと、そして結那を見た。

「結那」

「…何」

「壁のほうを向いて、できたら目を閉じていてくれ。俺がいいと言うまで、何が起こっても絶対にこっちを見るな」

「――――え」

「言う通りにしろ。いいか、絶対だぞ」

有無を言わせない声だった。結那はわけもわからず、壁のほうに向き直り、目を閉じる。

背後で彼らの会話だけが聞こえた。

「おい――――、榊、何を考えているんだ」

「やめろ、そんなことをしたらお前は――――」

「うわ、わああ！」

どたどたという足音。襖がバン、と叩きつけるように閉まった音。続く悲鳴。それに混ざって、何かめきめきという異様な音が聞こえてきた。

なんの音だろう。たとえるなら、そう、まるで筋肉が変形していくような――――。

悲鳴がいっそう大きくなった。何かを哀願している声。誰かが引き倒され、引きずり回されるような音も聞こえる。

圧倒的な恐怖の気配が背後から差し迫り、結那は思わず振り返りたい衝動に駆られた。だが身体が金縛りに遭ってしまったようにそれができない。唯一動かせるのは目だけだったので、結那は固く閉ざしていた瞼をゆっくりと開いてみる。目の前には壁があった。

その壁に、影が映っていた。

逃げ惑う男の影。それとは別に、もう一つの、巨大とも言える影があった。四肢は巨木の枝のように太く、獣のたてがみのような髪の毛、そしてその頭部には、二本の角とおぼしきものがある。

それらの特徴を持つ影が、逃げ惑う男達を捕らえ、喰らいついている。

「――――」

何が起こっているのか理解できなかった。

結那の脳はオーバーヒートしたようにシャットダウンし、そのまま意識を失った。


「――――結那」

「っ」

大きな手で揺さぶられ、結那は飛び上がるようにして起きた。

「大丈夫か？」

「さ、榊っ……！」

今目の前にいる男は、まぎれもなく榊だった。だが、どことなく憔悴（しょうすい）しているようにも見える。

「……榊こそ、大丈夫？」

「ん？　ああ…」

彼は苦笑するように口の端を歪めると、背後に視線を向けた。

床の上には鬼戸の男達が倒れている。そこには血の一滴も流れてはおらず、彼らもまた、ただ意識を失っているかのように見える。

「いったい、何が…？」

「こいつらの、荒ぶる血を喰らった」

まるでなんでもないことのように告げる彼に、結那は息を呑んだ。

「代々の鬼戸家の当主は、鬼の血を自ら活性化させて、鬼を呼び込んでその姿を写し取ることができる。こいつは当主になる時に教えられる技だ。そしてそれは、いざって時に一族の中の鬼を喰らうことができる」

喰らうのは鬼の魂（たましい）だけなので外傷はない。ただ喰われた人間はそのあたりの記憶を失う。中には精神を破壊され、廃人になる者もいる。

「この力は俺達の一族がいよいよってなった時に使われる安全装置みたいなもんだ」

それは長い時を経て、当主から当主へと受け継がれていった。

「それなら、捧げ花なんか使わなくとも、当主が食べてしまえばよかったのに……」

「呪いは俺達のものじゃない。お前達神代（かみしろ）の人間にかけられているんだ」

意表をつかれて、結那は榊を見上げる。

「鬼戸家に捧げ花をやることが、神代にかけられた呪い――――。昔、禁忌の技を用いて、俺達を封じたことの代償だ」

「……そうだったね」

結那はため息のような、力のない声で答えた。

呪いをかけられたのは神代家で、呪いに縛られていたのが鬼戸家だった。二つの家は、ともに依存し合うような形で、呪いを分け合っていたのだ。

「鬼戸家の当主が鬼となって荒ぶる血を喰い尽くしてしまえば、呪いのバランスが崩れてしまう。そうなったら、サイクルから外れた呪いはどんなふうに広がっていくかわからない。――――さっき俺がやったことは、それらを全部無視したとんでもないことだ」

「……これからどうなるの？」

「わからない」

榊に鬼の魂を喰らわれてしまった男達はどうなったのか、まだ意識を取り戻していないうちは判断できない。そしてこのことが、どう呪いのバランスを崩すのか、これもまだわからない。

「結那、俺が怖いか？」

だが、榊の気持ちは別のところにあるようだった。

「……怖くないって言ったら嘘になる。けど、榊と離れるのはもっと怖い」

そう告げると、彼はらしくなく、どこかおずおずと肩を抱き寄せてきたので、結那はその胸に顔を埋めた。

「連れて行って」

どこでもいい。せめてこの家から離れたところに。

一族を傷つけるリスクを犯してまで、彼は自分を求めてくれた。それを嬉しいと思う気持ちを、結那は抑えることができなかった。これも罪だろうか。それならば、その罪と秘密を一緒に背負っていきたい。

「ああ、もちろん」

大きな掌が頬を包む。この手は、結那だけは絶対に傷つけない。

「お前が好きだ」

「…うん、俺も」

榊はその場で結那に口づけてきた。最初は触れるような、そしてだんだんと深くなっていく。

彼の熱い口内を感じた時、胸が張り裂けそうなほどの悦びに包まれた。

「結那……結那」

口づけの合間に、彼は何度も結那の名を呼ぶ。

子供の頃からこうやって、この声に何度呼ばれたことだろう。
床に倒れた鬼戸家の男達は、いまだ目覚める気配はなかった。

山から吹きつける風はまだ冷たい。それでも、その中にほんのりと、春の息吹が感じられることに結那は気づいた。

（もうすぐ春になるな）

この町の春は、鮮やかな緑に、花が咲くと一気に色彩があふれる。春の訪れは遅いが、それももう、すぐそこまで来ているのだ。

結那は小高い丘の上に立っている。眼下には旧市街の町並みが一望できた。その中でも一際大きく、目を引く建物が、結那がかつていた鬼戸邸である。

「ここにいたのか」

背後からかけられた声に、結那は微笑みながらゆっくりと振り返った。

「よく飽きないな」

榊がこちらに近づいてくる。彼は結那の隣に並ぶと、町並みを眺めた。

「ここからの眺めが好きなんだ」

「ああ、そうだな――――。俺もだ」

あの後、榊と結那は鬼戸邸を出た。

鬼戸家の男達は病院に運ばれた。症状は、数日で回復した者もいれば、いまだ自失のような状態から戻らない者までいる。

そして鬼の血の力を失った彼らは、まるで夢から覚めたような様子で、引き留めもせずに榊と結那を見送った。

そうして二人は、この町に留まり、鬼戸家を見下ろす場所に家を建てて住んでいる。それから半年近くがたった。

一番最初に目覚めた市矢は、結婚するらしい。彼は鬼の血を失ってもなお、鬼戸家を絶やすまいとしているようだった。

「結婚式、出るの？」

「いや」

彼は短くそう答えたので、結那もふうん、とだけ言った。

「もう日が落ちるぞ。家に入ろう」

「うん」

榊が結那の手を握ってきた。握り返すと、ほんのりとぬくもりが伝わってくる。

「榊の手、あたたかいね」

「そうか？　お前もそんな変わらないだろ」

「いや、榊のが体温高いって」

「まあ、普段はな」

彼はそう言って、意味ありげに笑ってみせた。

「なんだよ」

「やらしいことしてる時は、お前のほうがずっと熱くなるだろ」

「…っ、それこそ、そんな変わらないだろっ」

体内に入ってくる彼の熱は、まるで火で炙った棒みたいなのだ。結那はそれを思い出して、いたたまれなくなって榊の背中を強く叩いた。彼は痛そうな顔をして、お返しだというように髪をくしゃくしゃとかき混ぜてくる。


寝室に入ると、もどかしげに服を脱がせ合った。その間にも、抑えきれない情欲が込み上げてくる。

「んっ…」

唇を重ね合わせたまま、ベッドに倒れ込んだ。触れ合った肌が火のように熱い。榊の手が身体中を這う心地よさに、結那はうっとりとため息をついた。

「……ああ…」

指の先で胸の突起を転がされて声が出る。そこを弄られるとどうしたらいいのかわからなくて、思わず身悶えてしまうのだ。彼はそんな結那の反応が楽しいらしく、執拗にそこを摘んだり、引っかいたりして刺激を与えてくる。

「は…っ、あっ、ああ…んっ」

（ああ…、気持ちいい）

「また、可愛らしい色になったな」

「また…っ、そんなこと…っ」

口ではそんなふうに言っていても、乳首に息を吹きかけるようにされると、ぞくぞくと背中が震えてしまう。

「は、あ…っ、や…っ」

「可愛いよ、結那」

そう言われて、ちゅうっ、と吸い上げられると、腰の奥がずくん、と疼いてイきそうになった。

榊の唇が、次第に下がってくる。下腹に刻まれた花印にそっと口づけられ、身体中がじん、と痺れた。

たとえ榊が鬼戸の荒ぶる血を喰らっても、結那の身体から淫紋は消えなかった。それは変わらずに結那の肉体を疼かせ、男を欲しがらせる。けれど、今はもう平気だった。彼がいるから。

「あ、は、榊…っ」

彼の目の前で、結那はおずおずと両の膝を外に倒していった。

「……っ、ここ、舐めて…っ」

「…ふ」

榊が結那のそこを見てにやりと笑い、自分の唇をぺろりと舐める。そんな仕草を見て、肉環の奥がきゅうっ、と収縮してしまった。

「いいぜ。…泣くほどしゃぶってやるから」

「……あ、あぁぁんっ」

榊の頭が結那の脚の間に沈むと、高い嬌声が漏れた。はしたなくそそり立っていたものに肉厚な舌が絡みつき、ねっとりと吸い上げてはしゃぶってくる。裏筋の敏感な部分を執拗に舐め上げられたかと思うと、ふいに先端をぬろぬろと刺激してきた。

「あ…っ、あ…っ、ア、あああぁ…っ」

そんなふうにされると、結那はいつも耐えられずに泣き出してしまう。快感に下半身を支配されて、ふわふわと変な気持ちになってしまうのだ。

「…っあ、ああうぅ…っ、だ、め、後ろも…なんて…っ」

前をしゃぶられている最中だというのに、後ろにも指が這入(はい)ってきた。一緒は駄目だといつも言っているのに、榊は言うことを聞かない。いつも結那がぐずぐずになり、正体をなくしてしまうまで愛撫してくる。

「……前と後ろ、どっちが好きだ？」

「そ、そんな…の…っ」

わからない、と結那は泣き声で答えた。そんなこと、答えられるはずがない、と彼は知っているはずなのに。

「うーんそっか…。じゃ、わかるまでやってやらないとな」

「や、そんな、んん、ああんん…っ、ん、ひ…っ」

後ろには二本指を入れられ、肉洞をぐしゅぐしゅとかき回される。結那の中には、刺激されると駄目になってしまう場所が何ヶ所かあって、榊の指がそこを掠めるたびに、達してしまいそうな刺激に襲われてしまうのだ。

前のものは、彼の口の中で強く弱く吸われて、そのたびに身体の芯が引き抜かれそうな快感に両脚がぶるぶると痙攣する。

「ああっ、ああっ…！　い、いい…っ」

結那は全身を桃色に染め、いやらしく身悶えながら快楽を訴えた。感覚が切羽詰まり、絶頂がもうすぐそこまで来ている。

「ひ、ああ、ああ〜〜っ！」

ふいに目の前が真っ白になり、宙に放り投げられてしまうような快感が襲ってきた。結那は腰をびくびくとわななかせながら、榊の口の中に白蜜を吐き出す。その後も丁寧に残滓を舐められてしまうので、そのくすぐったさに耐えなければならなかった。

「気持ちよかったか？」

「……ん」

恥じらいながらも頷くと、彼は愛おしげに額にキスしてくれる。両脚の間に身体を割り込ませ、深く身体を折られて、その双丘の狭間(はざま)に熱いものが押しつけられた。

今からこれが入ってくる。

そう思うと、結那の心臓がどきどきと高鳴った。それなのに彼は、そこに自身を滑らせるだけで、結那に意地悪をしてくるのだ。

「これだけでも、けっこう気持ちいいもんだな」

「や、あ、やだ、意地悪…するな…っ」

彼のものが屹立の裏側や、蟻(あり)の門渡(とわた)りと言われるところを嬲ってくるのはひどく感じてしまう。

けれど、結那は中に、彼に奥まで這入って、かき回して欲しいのだ。

「おねが…っ、榊、いれ…っ、入れて…っ」

身体の切なさにどうにもならなくなり、結那が精一杯の媚態で懇願すると、彼は口の端を歪めて笑った後、その凶器の先端を肉環に押しつけた。

「ふあ、ああ」

「――お前には、敵(かな)わないよ、結那…っ」

「あひ、あああああっ」

ずぶずぶと音を立てて奥まで沈み込んでくる男根に耐えられず、結那は挿入の瞬間に達してしまう。互いの下腹にびゅくびゅくと白蜜が放たれるのもお構いなしに抽挿が始まり、正気を失ったように喘いだ。

「ああ、ひ――…っ、あっ、あっ！」

入り口から奥のほうまで、感じる粘膜を余すところなく擦られてしまう。結那の足の指は、快感のあまりすべて開ききってわななないていた。それなのに、榊はとどめとばかりに奥を小刻みに突き上げてくる。

「あっ、あっあっ、あうぅう…っ」

「ここ、好きか?」

「んっんっ、すき…っ、あっ、榊、すき…っ」

気がつくと、結那はすき、すき、と何度も繰り返していた。

「俺もだ結那。お前が可愛くて、喰っちまいたいよ」

首筋に歯を立てられる感触に、結那はぶるりと身を震わせた。怖いのではない。喰いたいと言われて、興奮してしまったのだ。

結那の脳裏に、あの時の鬼の影が思い起こされる。あれが彼の本当の姿でも、構いはしなかった。

自分達は呪いで繋がれているのかもしれない。けれどそんなことはどうでもいい。ただ榊が側にいて、抱いてくれればよかった。

「んんんっ…、あぁぁあ…っ」

全身の感覚がぴりぴりと敏感になって、榊と触れているところすべてが感じてしまう。下腹の淫紋が熱く疼いた。ここに、この中に、彼の精を注いで欲しい。

「ん、む、ふぅう…っ」

噛みつくように口を塞がれたかと思うと、口腔(こうこう)の粘膜をねっとりと舐められる。その快感に甘く呻いて、結那は自分から顔を傾け、彼の舌を夢中で吸い返した。微かに自分の蜜の味のするそれに、思わず興奮がかき立てられる。

「は、ン…っ、やらしい、味、する…っ」

「俺にとってはごちそうだ。お前の精液も、汗も、唾液も、涙も――」

舌先をくちゅくちゅと絡ませながらの卑猥な睦言(むつごと)に、気が遠くなりそうになった。中を突き上げられながら、身体中をまさぐられる。その指先で乳首を摘まれて、びくん、と上体が跳ねた。

「は、アっ！」

くりくりと転がされ、爪の先で引っかかれて、結那は泣くような喜悦(きえつ)の表情を浮かべる。

「あ、駄目、そこっ…」

「尖ってるぞ。ここも好きだよな？」

感じすぎるから駄目だと言いたいのに、胸の先が甘く痺れてしまって、蕩(とろ)けそうだった。榊の腰の動きが緩やかになる。そのうち焦れったいほどになって、結那は抗議するように鼻から抜けるような声で鳴いた。

「く…っぅんっ…ん」

乳首からの刺激が直接腰の奥まで届いて、たまらずに自分から腰を揺らしてしまう。

「ああぁ…もう…意地悪、するな…っ」

「可愛がってんじゃねえか。……それとも、虐めて欲しいのか？」

結那にとってはどちらでも同じことだった。涙に潤んだ瞳で榊を睨むように見上げ、もどかしげに腰を揺する。すると中で男根が擦れて、あ、と声が漏れた。

「あぁ――――、もう、ねえ…、榊」

結那は甘えるように、けれど必死に彼にねだる。すると、榊は喉の奥でうなり声を上げたかと思うと、いきなり最奥まで突き上げてきた。

「――――～～っ！」

声も出せないほどの快感が結那を襲う。その瞬間にまた達してしまい、下腹の淫紋を白蜜で濡らした。

「あ、ああ――――ア、ひ…！」

「お前が悪いんだからな、結那…っ」

「んっ、んっ！　んあぁあんっ」

絶頂に震える体内を強く、深く擦られて、イったまま降りてこられない。結那は泣きながら榊に縋り、許して、許して、と哀願した。

「駄目だな。責任とれよ」

「だれ、の、せい…っ、あ、あああっ、ま、また、イっちゃ…っ」

びくびくと下半身を痙攣させて何度目かの極みを迎える。激しく収縮する内壁にきつく搦め捕られて、自身を締められた榊が口元を歪めて笑った。

「中で、めいっぱい出してやる」

中に出される。そう思うだけで、肉洞がきゅうきゅうとわなないた。来る。とてつもなく気持ちのいい波が。

「…あっ、あっあっ！」

ずうん、と最奥まで突き入れられて、そこに熱いものが叩きつけられた。まるで快楽の波動のように肉洞を犯し尽くすそれは、媚肉に沁み入り、浸食する。

「あ、あ――――あ、榊、さかき…っ、イく、いく…っ！」

「……結那っ…！」

ともに絶頂に達した二人は、固く抱き合ったまま、そのまましばらく動かなかった。ややあって最初に我を取り戻した榊が、ぶるっ…、と身体を震わせた後、のそりと上体を起こす。

「んう、う…っ」

ずるり、と中から引き出される感覚に、結那の背中がぞくりとわなないた。

「よかったぞ」

「あ…」

ちゅ、と音を立ててこめかみに口づけられる。精も根も尽き果てたような結那の乱れた髪を、榊の大きな手がかき上げてくれた。

嵐のような情交の最中も気持ちがいいが、こうして労ってくれる時が心地いいと思う。

「結那」

「んん…?」

外はもう、すっかり夜になっていた。なんの音もしない、静かな夜。

「腹減らねえか? メシ食わないと」

いい気分をぶち壊すような彼の言葉に、結那は思わず笑いを漏らした。

「今、動くの無理。榊が作れよ」

「構わねえけど。チャーハンでいいか?」

「焦がすなよ。……あと、もうちょっとだけこうしていたい」

結那は甘えるように榊の身体にぎゅっ、としがみつく。伝わってくるまだ熱い肌のぬくもりと、心臓の音。

(ぜんぜん違わないのにな)

彼が鬼の血を引くだなんて、こうしていると信じられなかった。けれどもう、そんなのはどうでもいいことだ。榊が、榊である限り。

「結那…、寝ちまうのか?」

彼が、そっと囁く声がする。裸の肩を撫でられ、毛布に包まれた。

「ずっと側にいろよ。俺のところに」

「うん……」

「永遠に離さない。逃げたら追っていくからな」

耳元で低く甘く囁かれて、結那はまどろみの中で、ふ、と微笑んだ。

花の始末

「結那くん、パスタランチできたよ」

「はい」

新市街にあるカフェは、この町にしては都会的な、若者に人気のある店だった。『ラシェヌ』という名前のこの店は、鬼戸家が持つ会社のグループ企業のものであり、経営者は榊になっている。

結那がこの店で働き始めたのは、一ヶ月ほど前だ。この町に来てからまともに労働というものをしていなかった結那は、そろそろ自分も何かしたいと、榊に申し出たのだ。

それまで家に閉じこもってふしだらなことばかりしていたので、外でこうして働く結那は、まるで水を得た魚のようだった。健全に働くということは、いいことだと思う。

「お待たせいたしました。Aランチです」

「ありがとう」

「わあ、美味しそう」

ラシェヌの出すプレートランチはボリュームもあり、見た目もお洒落で味もいいということで、昼時には時折行列もできてしまう。そんな忙しい時間帯を終えて一息ついた頃、店のドアがカラン、という音を立てて開いた。

「いらっしゃいま――」

結那は振り向き、入ってきた客の姿を見て、思わず身体を強張らせた。

「……やあ」

「市矢さん…」

そこにいたのは市矢だった。彼はどこかばつの悪そうな顔をして、店の入り口に立っている。

「――こちらへどうぞ」

「ありがとう」

市矢をテーブルの席に案内した結那は、水の入ったグラスとメニューを持って彼の下に行った。

「ここで働いているって聞いたんだ」

「……そうですか」

鬼戸家のグループ企業の店ならば、彼の耳に入ってもおかしくはない。結那は小さく笑うと、メニューを市矢に渡した。

「えっと…、Bランチで」

「かしこまりました」

結那がカウンターに戻ろうとした時、市矢が結那の手を掴む。結那は思わずぎくりとした。

「あ――、ごめん」

慌てて手を離す市矢に、結那は居住まいを正して言った。

「ご結婚、なさったんですよね。おめでとうございます」

「ああ…、ありがとう」

市矢はぎこちなく笑って、グラスの水を飲む。

「結那さんに、どうしても言いたいことがあって」

「市矢さん」

「いや、謝るとか、そういうことじゃないんだ。あんなこと謝って済むことじゃないし――」

「市矢さん、それはもういいんです」

鬼戸の男達に対しては、結那はもう別段、恨みや憎しみは抱いていなかった。彼らもまた長い間、自分達の血に振り回されてきた。結那にしてみれば、同病相憐れむというのが近い。もちろん、またああいう目に遭わせると言われれば断固抵抗するが、結那は今、榊とともにいて身も心も充足している。満ち足りていれば、気持ちに余裕が出るというものだ。

「うん、でも、一つだけ。――兄さんのこと、頼みます」

まさか榊のことを言われるとは思わなくて、結那は瞠目した。

「あの時、兄さんがああしてくれなかったら、今でも俺達は何一つ変わらなかったと思う。あの古い家で、ずっとあんなことを繰り返して――。だから、俺達は皆兄さんに感謝してるよ」

結那があの家で危機に陥った時、榊は自らの鬼の血を解放した。その時の彼の姿を、結那は見るなと言われたので見ていない。だが、壁に映った影を目にしている。そして鬼戸の男達は、その時の榊の姿を目の当たりにしたのだろう。市矢はそれを思い出したのか、身震いするように肩をすくめていた。

「――わかりました」

結那は市矢に頷く。

「榊のこと、頼まれます」

「ありがとう」

そこでようやっと市矢はほっとしたような顔をした。


閉店時間が近づく頃、店に榊がやってきた。

「よう」

「あ――、お疲れ様。来てくれたんだ」

「ついでだったからな」

仕事の終わりに寄ってくれた榊に、結那はコーヒーを出してやる。わざわざ迎えに来てくれたことが嬉しかった。

「結那くん、ここはもういいから、榊さんと帰んなよ」

「え…、でも」

「いいって。レジも締めたしさ」

マスターの申し出に、結那は恐縮しながらも先に帰らせてもらうことにした。

「悪いな、マスター」

「いえ。またどうぞ寄ってやってください」

結那はコートを取り、榊と一緒に店を出た。冬の空はもうすっかり暗くなっていて、星が瞬いている。車が止めてある駐車場まで、二人で歩いていった。

「山のほうに行けば、もっとすごいのが見られるぞ」

「今度連れてってくれよ」

「ああ」

何気ない会話だったが、彼は必ず結那を連れて行ってくれるだろう。長年のつきあいでわかる。榊はそういう男なのだ。

「そういえば、今日、市矢さんが店に来た」

「市矢が？」

「榊のこと、よろしく頼むって言われた」

「……なんだそりゃ」

彼は半ば呆れたように言いながらも、弟の言いたいことを正確に汲んだようだった。ちょっと困ったように笑っている。

「じゃあ、俺のことよろしく頼むな、結那」

「調子に乗るな」

結那が肩でこづくと、榊の手がふいに結那を抱き寄せてきた。咄嗟のことに、うまく反応できない。周りから音が消える。

「——ん」

触れてくる唇は、外気が冷たいというのにとても熱かった。結那は瞼を伏せてその口づけを受ける。一瞬のことなのに、まるで時が止まったように感じられた。

間近で見る榊は、ひどく優しい表情をしている。

「……誰か、見てるかも」

「見てたっていいさ」

どうしてそんなふうに囁くのだろう。反則だ、と結那は思う。そんな結那の気持ちを知ってか知らずか、榊はぱっ、と手を離して明るい調子で言った。

「よし、じゃあメシ食って帰るか」

「すき焼きがいい。高い肉食わせろ」

「おっ、ふっかけてきたな」

売り言葉に買い言葉のようなやり取りをした後、顔を見合わせて笑い合う。

山の稜線(りょうせん)に、流れ星が消えていった。

こんにちは、西野です。『淫紋の花』を読んでくださり、ありがとうございました。

私が淫紋が好きだーと言っていたら担当さんが「書いていいですよ」とおっしゃってくださいましたので、この話を書くことにしました。

淫紋はもともと男性向けに多い素材ですが、見ための淫靡さとか美しさ、そして強制的な発情を起こさせるというのが最高にエロくてお気に入りのネタです。また隙を見て書きたいと思っています。

そして、またこういうことを書かねばならないというのが本当に心苦しいのですが、前回の時に大変ご迷惑をおかけしたので今度はちゃんと締めきり日に出そう！ と思ってはいたのですが、また盛大にぶっちぎるということをやらかしてしまい、申し訳なく思っております…。担当さんに挿絵の二駒レイム先生にはもうほんとうに伏してお詫び申し上げるしかありません。

にも関わらず、とても素敵な絵を描いてくださいました二駒先生、どうもありがとうございました！

受けの結那の可愛さもさることながら、攻めの榊が大人の男の色気！ という感じでめちゃかっこいい…！ と思いました。イメージぴったりで、しかもエロくてラフが届く度にウホッとなっておりました…！

ここ最近自分のタスク管理の甘さ（とキャパ）を痛感して色々と反省しましたので、今後はも

っと慎重にやっていきたいと思います。平成も終わりますし。（関係ない）

それでもエッチは、エッチシーンは――――！　と、がんばりました。やっぱり受けさんの尿道は責めずにはいられない。あと木馬。

自分のせいではあるのですが、もう長いことずっと修羅場ってきたので、時々どこかに行きたくなります。南の島とか…そう、ハワイとか。この本が出る頃には、久しぶりの海外旅行でハワイに行くので楽しみです。リフレッシュしてまた原稿がんばります。

そんな感じで最近ダメダメな私ですが、ありがたいことにまだ仕事をいただけているので、期待を裏切らないように働きたいです。

それではまた、どこかでお会いできましたら。

西野　花

【Twitter ID】hana_nishino

初出一覧

淫紋の花　／書き下ろし
花の始末　／書き下ろし

ビーボーイスラッシュノベルズを
お買い上げいただきありがとうございます。
この本を読んでのご意見・ご感想をお待ちしております。

〒162-0825　東京都新宿区神楽坂6-46
ローベル神楽坂ビル4F
株式会社リブレ内　編集部

アンケート受付中
リブレ公式サイト　http://libre-inc.co.jp
TOPページの「アンケート」からお入りください。

淫紋の花

2018年11月20日　第1刷発行

■著　者　西野 花

■発行者　太田歳子
■発行所　株式会社リブレ

〒162-0825　東京都新宿区神楽坂6-46　ローベル神楽坂ビル
■営　業　電話／03-3235-7405　FAX／03-3235-0342
■編　集　電話／03-3235-0317

■印刷所　株式会社光邦

Printed in Japan
ISBN 978-4-7997-4009-5